津本 陽

戦国業師《わざし》列伝

実業之日本社

実業之日本社文庫

業師といわれるほどの人は、その道において、特異な感覚といってもよい能力をそなえている。人柄はおおむね明るい。一見暗く見えていても、本質は陽気だ。そうでなければ、人からほめたたえられるほどの才能を発揮できない。

武芸、相撲、絵、歌、踊り、湯茶、戦闘、政治など、数えあげればきりがないが、名人、上手のなかにも段階がある。

日本でただ一人といえるほどの業師は、その分野でひそかに神のように尊崇され敬慕されるカリスマ性をそなえている。それは自然にそなわっているので、他人はそのたとえようのない巨大なエネルギーの存在をなぜか感知して圧倒され、敬わざるをえない。

いまでは業師が見つけにくい。凡人が多くなりすぎて、業師を異端視することが多いためだ。

津本陽

戦国業師列伝　目次

戦国業師列伝

剣豪となり
柳生石舟斎に
新陰流の神髄を相伝

上泉《かみいずみ》伊勢守《いせのかみ》信綱《のぶつな》

一

新陰流《しんかげりゅう》の流祖・上泉信綱《かみいずみのぶつな》は永正《えいしょう》五年（一五〇八）に上州《じょうしゅう》上泉城（群馬県前橋《まえばし》市上泉町）で生まれたと伝えられている。

はじめ秀綱《ひでつな》と称し、信綱と改名したのは永禄《えいろく》八年（一五六五）頃であったという。そのときは五十八歳になっていたことになる。

当時は力さえあれば他人の領地を望むがままに奪える。無法の戦国時代である。甲冑《かっちゅう》が堅牢《けんろう》になるにつれ、刀剣の切れ味もすさまじいものになってきた。鉄砲が用いられるようになると、軽装の足軽《あしがる》と称する歩兵部隊が、迅速な行動をとり、矢玉をかいくぐって戦う。

銃撃戦についで敵味方入り乱れての白兵戦《はくへいせん》が、さかんにおこなわれるようになると、それまでは大力《だいりき》の者が重い武器をふりまわし、敵を叩《たた》き潰せば大武辺者《だいぶへんもの》といわれていたのが、武芸を心得ていなければ、体力において劣る者にも討たれるようになった。それで、諸国に刀術がさかんにおこった。

刀術が最初におこなわれたとき、流派は中条流《ちゅうじょうりゅう》、香取神道流《かとりしんとうりゅう》、念流《ねんりゅう》などわずかにすぎなかった。流祖は多少の手ほどきはするが、自得した刀法を弟子たちに分かりやすく説明し、教えこむ工夫はほとんどしない。命を懸けて敵の乱刃の下に身を挺《てい》しなければ、悟りの境地に達することができないといわんばかりである。

そのうちに時代が変るにつれ、刀術を学びたい者がふえてくる。そうなれば、実戦に効果の出る太刀打ちの技を、分かりやすく教えてくれる先生が、大勢の弟子を集めるようになってくる。

大兵《たいへい》を率い敵勢と渡りあう武将に剣術は無用であるという時代は過ぎ去った。機動力の発達した軍隊が激突すれば、先手の足軽も、旗本《はたもと》勢に守られた大将も、危険の度合いにおいてはたいして変らないことになる。このため、徳川家康《とくがわいえやす》、北畠具教《きたばたけとものり》、黒田長政《くろだながまさ》のような戦国大名が、匹夫《ひっぷ》の技として軽んじていた剣術を鍛錬するようになった。結果、さまざまの技法を工夫し、打ちこみの形を数多く編みだした師家《しか》を、輩出することになった。

当時あらわれた新しい流儀に、陰流《かげりゅう》というのがあった。陰流は、剣、槍《やり》の術技を教えるもので、伊勢愛洲《いせあいす》の一族、愛洲日向守移香斎《ひゅうがのかみいこうさい》が創始した。愛洲氏は熊《くま》野《の》の海賊で、南北朝期には南朝に属していた。

移香斎は若い頃から、八幡船《ばはんせん》で明国《みんこく》へ渡航を繰り返し、三十六歳のとき、日向の鵜戸《うと》の岩屋《いわや》（宮崎県日南市《にちなん》）に籠《こも》った。満願の夜あけがたに、猿の形をとった神があらわれ、剣術の奥義《おうぎ》を示した。

移香斎はこれによって陰流をひらき、諸国を放浪したあげく、日向で没した。天文《てんぶん》七年（一五三八）に卒去《そっきょ》、八十七歳であったという。

移香斎のあとを継ぎ、天下無双といわれる剣客になったのが、上泉伊勢守《いせのかみ》であった。彼の父、武蔵守義綱《むさしのかみよしつな》も大豪《だいごう》の士として知られていた。上州大胡《おおご》（群馬県前橋市）の城主・関東管領上杉《かんとうかんれいうえすぎ》氏の属将で、しばしば武功をあらわした。

信綱ははじめ鹿島神流の祝部松本備前守《はふりべまつもとびぜんのかみ》に剣槍《けんそう》を学び、つづいて常陸《ひたち》に流寓《りゅうぐう》していた愛洲移香斎から陰流の神髄を伝承し、新陰流を創始した。

天文二十四年（一五五五）一月、北条氏康《ほうじょううじやす》の大軍が上泉を襲った。

上泉の城兵は寡勢《かぜい》で抵抗できなかったので降伏したが、その年のうちに上杉謙《けん》信《しん》が上州へ出兵してきたので、勢力を回復した。

だが、永禄六年（一五六三）正月、武田信玄《たけだしんげん》が三万五千の大兵を率い、上州を席捲《せっけん》したので、上泉城も陥落した。

信綱は戦国争乱の世のなかで、怒濤《どとう》にもてあそばれるような武将としての生活を捨て、家族を故郷に残し、甥《おい》の疋田豊五郎《ひきたぶんごろう》、高弟の鈴木意伯《すずきいはく》らを伴い、剣術をひろめるため、東海道を西上して上方《かみがた》へむかった。

信綱の剣名は天下にとどろいていた。彼が尾張《おわり》の村里へさしかかったとき、住民がおどろくような行動をあらわした。

道端に里山のような人だかりがしている。信綱は足をとめて聞いた。

「何の騒ぎじゃ」

村人たちがいう。

「悪党が子供をつかまえて、人質にしましたのや。この家に籠りよったので、どないすることもできまへん。ふた親はここにいよりますが、何ともできんどっせ。お役人も手の打ちようがないと、言うとります」

六尺棒を持った役人が、及び腰で暗い屋内をのぞきこんでいた。

「こりゃ、もうじき宿場のお役人がきて、おのれは斬《き》られようぞ。いまのうちに子を返せ。そんなら逃がしてやるがい」

家内から狂暴な口調の返事が聞えた。

「そんな手に、誰が乗るか。銭百文出したら子は放したる。わいも命捨ててかかってるんや。金取って逃げきるまで子は放さん。役人呼びやがったら、子といっしょに心中したるわい」

信綱は納得した。

「いかさま、これは難儀なことじゃ。よし、ふた親には泣くことはないと申せ。わしが助けてつかわすゆえにのう」

信綱は人だかりのなかに旅僧がいるのを見て、声をかけた。

「貴僧にお頼みがある。拙者《せっしゃ》の髪を剃《そ》りおとして、法衣《ほうえ》を貸してたもれ」

旅僧は信綱の頼みに応じた。

法体《ほったい》となった信綱は、握り飯二個をふところに入れ、家の中へゆるやかな足取りで歩み入る。悪党は喚《わめ》いた。

「何じゃ、糞《くそ》坊主。入ってきやがったら、この餓鬼の胸をひと突きして殺してやるぞ」

子供を殺して自分も死ぬ決意が、吊《つ》りあがった両眼に燃えあがっている。

信綱はおちついた口調でいった。

「まあ、そんなにいきりたつものではない。その子供は腹がすいておるようじゃ。わしは握り飯を持ってきた。ちと縛《いまし》めをゆるめ、食べさせてやってくれ。そうしてくれたなら、このうえのうれしいことはない。

坊主は慈悲に生きておるのじゃ。かような有様を見逃すわけにはゆかぬ」

信綱が言うと、悪党は汚れたてのひらをひろげて言う。

「さあ、投げよ」

信綱が投げた握り飯を、子供が泣きながら食べはじめる。信綱は、また一個をとりだした。

「おぬしも腹がへっておるのではないか。これを食い、腹ごしらえをいたすがよい」

信綱は、悪党があぐらをかいている筵《むしろ》のうえへ、握り飯を投げた。悪党が思わず手を伸ばす一瞬を信綱は見逃さず、飛びかかって手をつかみ、引き倒して縄をかけた。

このふるまいに、住民たちは感じいった。噂は京都に届き、御所にも聞えた。

初蟬《はつぜみ》の声がにぎやかな初夏の候、信綱主従は三河《みかわ》から伊勢路《いせじ》を南下し、国司《こくし》北畠具教卿《きょう》を訪ねた。具教卿はかつて南朝を支えた忠臣、北畠親房《ちかふさ》の末裔《まつえい》で、代々伊勢国司をつとめる名門である。具教は塚原卜伝《つかはらぼくでん》から新当流《しんとうりゅう》の秘伝である「一《ひとつ》の太刀」を相伝したほどの、剣術達者であった。彼の居館は「太《ふと》の御所」と呼ばれ、諸国を往来する高名な兵法者《へいほうしゃ》がかならず訪ねるといわれていた。

具教は五十六歳の信綱の相手ができるほどの腕前の剣客は、五畿内にはいないと言ったが、しばらく考えたのちに言った。

「大和柳生庄《やまとやぎゅうのしょう》の柳生但馬守宗厳《やぎゅうたじまのかみむねよし》は、一手お試しなされてもよろしかろう。若年の頃より戦場にて鬼神《きじん》のふるまいをいたし、名高き強者《つわもの》にて、この正月にも松永《まつなが》弾正《だんじょう》と多武峯《とうのみね》（奈良県桜井市《さくらいし》）攻めで、おおいにはたらきしと聞き及んでござる。諸流の刀槍《とうそう》の技を学び、新当流は秘伝をうけたる腕前と聞き及んでおりまする」

「それならば、手合わせを試みることといたしまする。その仁《じん》の年頃は」

「さよう、三十七、八と存ずるが」

「ちょうど脂の乗りきったる時分でござりましょう」

信綱は具教卿と笑みをかわしあった。

二

柳生但馬守宗厳（のちの石舟斎《せきしゅうさい》）は朋友《ほうゆう》の奈良《なら》宝蔵院胤栄坊《ほうぞういんいんえいぼう》からの使いで、宝蔵院へむかった。胤栄は高観流素槍《すやり》の遣《つか》い手であったが、宗厳と相談して、一丈（約三メートル）の短槍《たんそう》の槍身《やりみ》に鎌型の刃をつけてから不敗の境地に至った。

素槍をふるっての真槍《しんそう》のはたらきは、斬り刎《は》ね、突きであるが、鎌型のするどい刃を生かせば、敵の頭上から打ち斬って繰り突き、下から刎ね上げ斬って繰り突き、手元に引いては敵を引き斬る。進退自在の殺人技を用いることができる。

戦場では馬上で短槍をふるう格闘が、さかんにおこなわれていた。古豪の士は、馬上で腰の浮き上がっている若兵の冑《かぶと》を槍で殴りつけ、転げ落ちるところを馬蹄《ばてい》で踏み殺す。

相手が強剛であれば、馬に輪乗りをかけ、下から足、股《また》、両肘《りょうひじ》、脇の下などの急所を刎ね突いて戦う。

宗厳は胤栄坊のもとへ、天下に令名《れいめい》のとどろく新陰流創始者・上泉伊勢守がきたと聞いて、おどろく。相手は諸国の剣客と立ちあい、子供あつかいにするという、稀代《きたい》の豪の者である。

はじめて会う伊勢守は、鬢髪《びんぱつ》には白いものが目立ったが、身ごなしはわずかな隙《すき》もなく、水の流れるような動作につけいるところも見つからぬ、大兵の武士であった。

その夜、宗厳は酒肴《しゅこう》を前に胤栄坊を交え、信綱と歓談した。少年の頃から戦場を馳駆《ちく》し、敵を斬ること数を知らずという宗厳の両眼は、死の恐怖をくぐりぬけてきた者の特徴である、玻璃《はり》のように表情のない光を浮かべていた。

宝蔵院に一泊した宗厳は、翌朝信綱に試合を申しこまれ、こおどりするほどのよろこびを、抑えかねた。

「柳生殿は五畿内随一の遣い手と承ってござれば、拙者は後学のために、一度お手合わせ願いたいと存じまするが」

塚原卜伝から一の太刀の相伝をうけた北畠具教にさえ、師事される信綱と試合ができるのである。

その朝、宝蔵院の槍稽古《やりげいこ》に用いる広い講堂には、伊勢守と疋田豊五郎、鈴木意伯、胤栄坊がいるだけであった。

宗厳は、そのとき新陰流が稽古に用いる、蟇肌竹刀《ひきはだしない》をはじめて用いることにした。蟇肌とは牛革をなめし、裏返しにして朱を塗ったものである。蟇肌とは皮の表面が蟇蛙の肌のように、ざらついているためであった。

信綱はこの蟇肌で細長い袋をつくり、三尺三寸の定寸《じょうすん》の八つ割り竹をいれ、それで試合をする。木刀《ぼくとう》で試合をすれば、大怪我をするか死ぬ。だが蟇肌竹刀で打ち合えば怪我をすることなく、全力をつくして打ちあうことができた。

宗厳は蟇肌竹刀を左手に提《さ》げ、信綱とむかいあったとき、全身になんともいえない、身の毛のよだつような怖《おそ》ろしさを覚えた。信綱の全身から発する気合のようなものに、威圧されたのである。

これはただの相手ではないと、宗厳は思ったが、気力をふるいおこし、一礼ののち、竹刀を中段にとった。五間《けん》(約九・一メートル)の立ちあいの間合《まあい》をひらいていたが、伊勢守は右手に提げた竹刀に左手をそえ、下段にとったまま、常《つね》の足取りでまっすぐ出てくる。

下段の太刀先はしだいに上がって中段となり、さらに上がって竹刀を持つ伊勢守の拳《こぶし》は、宗厳の乳の辺りまで上がった。

一歩踏み出せば、たがいの太刀先が相手の体に当る一足一刀《いっそくいっとう》の間合に達したとき、伊勢守が上体を反らせ間合の外に残していることに、宗厳はまったく気づかなかった。

宗厳は伊勢守が太刀先を高く上げ、切先《きっさき》をこちらの眉間《みけん》につけているので、相手が見えにくい。宗厳の習った新当流では、中段青眼《せいがん》で剣尖《けんせん》を交えたときから斬りあいがはじまるのである。

宗厳は中段の構えが低いので、抑えこまれたまま間合のうちへ引きこまれるような気になり、待ちきれなくなって、伊勢守の左の肩先から左腕へかけて払い斬《はらぎ》りに打ち通すため、竹刀を上げかけた。

ところが伊勢守は間髪をいれず、太刀先三寸の物打《ものう》ちどころで、宗厳の両拳《こぶし》をしたたかに打ち、そのまま胸元へ詰《つ》め寄られた宗厳は、「参りました」というよりほかはなかった。

新陰流では、新当流で教える構え太刀の形はない。定寸の竹刀を下段にとるのを、「無形の位《むぎょうくらい》」といい、しだいに上へ押し上げてゆき、太刀先を相手の眼につける。

このとき刀の柄《つか》を握った両拳が、わがみぞおちの高さに位置するのが、中段の位である。伊勢守が宗厳に対してとったのは、「向上《こうじょう》」という上段の位であった。向上の位になれば、両肩、両肘、脇腹、膝《ひざ》の守りががらあきになる「明身《あきみ》」となるので、敵はかならず誘われて攻めて出ることになる。

宗厳は慢心していた。その夜、酒宴の座で信綱と酒盃《しゅはい》をかわしたが、内心では明日こそは信綱を打ちこんでやろうと、闘志を燃やした。

伊勢守は軽業《かるわざ》をする者ではない。兵法の名人で、五畿内随一といわれるわしが、負けるはずはない。明日こそは勝ってやろうと考えていた。その結果、宗厳は宝蔵院に三泊し、三度試合を挑んだ。だが宗厳は一度も勝てなかった。

宗厳がどんな構えから打ちこんでいっても、信綱は自由自在に勝った。焦ればそれだけ術中にはめられる宗厳は、なぜこれほどまでに技が違うのであろうかと、困りはてた。

五畿内随一といわれる自分は、命のやりとりをする戦場で、多くの敵を斬った。鬼といわれたわしが、なぜ子供扱いにされるのか。

宗厳があらゆる構えで立ちむかっていっても、信綱は向上の位から打ち下ろす直太刀《すぐだち》、左右に切先を寄せる斜太刀《はすだち》、太刀の刃を前にする表太刀《おもてだち》、後にする裏太刀《うらだち》と、宗厳の動きに応じ、流れるように体勢を変え、宗厳が攻めあぐみ、動きをとめると攻め入る姿勢をあらわす。

宗厳が余裕を失い、やられると知りつつ竹刀を打ちこもうとすると、動作の裏をとる変動の技で、たちまち両肘から両拳へ打ちこまれた。宗厳は動きかけると、こちらの真意を見抜いているように、軽々と打ちこまれ、どうすることもできずに頭を抱えてしまった。

三

信綱が宗厳を進退きわまるまで追いこんだ技は、新陰流にいう合撃《がっしうち》であった。

それは、相手に技を打ちださせ、その動きを見きわめたのち、わずかに遅れて技を出し、相手を打つ技であった。敵と刀を交えることのない、音無《おとな》しの構えである。

新陰流では、鍛錬によって数多い合撃の技を自然に出せるようにする。合撃に剛力《ごうりき》は必要ではなかった。宗厳が信綱につづけ打ちにされたのは、新陰の合撃を知らなかったためであった。

信綱は一足一刀の間合に入るまえに、宗厳が打ちこまねばならなくなるようにしむけた。その技は、新陰流で活人剣《かつにんけん》と呼ばれた。新陰流では、敵に勝つ刀法に殺人刀《せつにんとう》と活人剣の二つがあった。

殺人刀とは、敵を完全に制圧し、すべての動きを封じて勝つ。戦場では前後左右に敵がいるので、殺人刀をふるって彼らを制圧しなければならない。

しかし剣技に熟達した敵と一騎討ちをするとき、その動きを封じるため刀をふるえば、敵は死にもの狂いの反撃に出てきて、思いがけないこちらの弱点をつかれることになりかねない。

そのようなおそれを封じるために、活人剣を用いるのである。活人剣では敵に得意の攻撃の技を存分に出させ、その技の裏をとって勝つため、思いがけない敗北を喫《きっ》することがない。

それらの新陰流の神髄を、信綱は宗厳の懇願《こんがん》に応じ、東山中《ひがしさんちゅう》と呼ばれる、奈良の東北四里の柳生谷《やぎゅうだに》へ滞在し、伝授することになった。

信綱が小柳生館《こやぎゅうやかた》にきたのは、夏のはじめであった。

信綱は、疋田、鈴木の二人の弟子に手伝わせ、稽古所で必死の稽古をする宗厳と十二歳の息子新次郎《しんじろう》、宗厳の家来たちに技法の一切を伝授しようとした。

活人剣を遣うとき、見届けねばならない三つの大事があると、信綱は教えた。

「まず第一は間積《まづも》りじゃ。敵が上段、中段、下段のとき、片手技を遣うとき、前に出す足が左か右か、それによって敵の刀がわが身にとどく間合が変わってくる。それゆえ、敵を倒すまで常に間積りを怠《おこた》ってはならぬ」

第二には、敵の斬ってくる拍子をはかり、技の尽きた一瞬に斬る。第三は敵の太刀筋《すじ》を見きわめ、その技の裏をとって倒すことである。戦国動乱の時代を生き抜くためには、剣をふるって活路をきりひらくよりほかにはない。戦場の修羅場を経験した宗厳たちは、死にもの狂いで刀法を学んだ。

柳生家は平安の昔から小柳生の庄の主であったが、大和の小領主として苦難の山坂を越えてきた。藤原摂関家《ふじわらせっかんけ》に三千石の領地をとりあげられ、平清盛《たいらのきよもり》の代に返還されたが、清盛の機嫌をそこね、ふたたび没収された。

源頼朝《みなもとのよりとも》が天下統一したとき、柳生家は本領を回復したが、北条《ほうじょう》執権の時代になると三度領地を取りあげられた。だが建武《けんむ》の中興《ちゅうこう》のとき、後醍醐《ごだいご》天皇に忠誠をつくしたので、柳生旧領は回復できた。

このような小豪族の苦難の過去は、そのまま上泉信綱一族の経歴であった。信綱は自分と似た境涯の宗厳に、新陰流の極意の一切を教えた。

一刀両段、斬釘截鉄《ざんていせってつ》、半開半向《はんかいはんこう》、右旋左転《うせんさてん》、長短一味《ちょうたんいちみ》の五本の太刀は、伊勢守が新陰流の極意のすべてはそのうちにあるといった基本技であったが、宗厳はその刀法を完全に会得した。

永禄八年（一五六五）四月、信綱は柳生宗厳に一国一人の新陰流兵法の相伝をした。宗厳は、新陰流二世となったのである。

その後、上泉信綱の消息は不明であった。廻国《かいこく》修行の旅をつづけていたようである。信綱は剣術を斬人《ざんじん》の技として用いるのを嫌い、つぎのように記している。

「兵法（剣術）は、人を助けるために使うものではない。進退きわまって、自分が殺害される間際になって、一生一度の用に立てるためのものであれば、世間の人に敬われるようなことではない。

外見は立派で、人から兵法達者とあがめられても、すこしでも心中に不正の思いがあってはならない。外見が見苦しくて、兵法が不器用のように見えても、火炎のなかへ飛びこみ、大岩の下敷きになっても、滅ぼせぬ心が大切である」

山科言継卿《やましなときつぐきょう》の『言継卿記』には、永禄十二年（一五六九）正月から元亀《げんき》二年（一五七一）七月二十一日までの間、約二年七か月にわたり、約三十二か所に信綱についての記述が見られる。

元亀元年（一五七〇）六月二十七日、信綱は上京し、天皇に拝謁して従四位下《じゅしいのげ》に任ぜられた。彼は昇殿《しょうでん》を許され、新陰流兵法を天覧《てんらん》に供《きょう》した。剣術者が技芸を天覧に供したのは、このときが最初であった。

信綱の足跡は、その後さだかではない。天正五年（一五七七）柳生谷で亡くなったという説があるが、柳生芳徳寺《ほうとくじ》の墓碑は供養塔《くようとう》であるので、信綱が柳生で往生を遂げたか否かは疑問の残るところである。また、天正十年（一五八二）に小《お》田原《だわら》で没したともいう。

四

上泉信綱が柳生宗厳に相伝した、新陰流の極意の書『影目録《かげ》』の「燕飛巻《えんぴのまき》」にはつぎのようにしるす。「懸待表裏《けんたいひょうり》は一隅を守らない。敵に随《したが》って転変する。風向きを見て帆をつかい、兎《うさぎ》を見て鷹《たか》を放つようなものである。

相手にしかけようと思ってしかけ、待とうと思って待つのはあたりまえである。しかけようとするとき、本心は待とうとするのだ。待つときには本心はしかけようとしているのだ」

信綱の説く、このくだりは活人剣を発揮するための重要な教えである。彼は言う。

「敵のはたらきを見ることが、もっとも大切である。敵が動きをひそめているときは、相手がのぞむ隙をわざと見せ、その技を引きださねばならない。相手が誘いにのってくれれば、その機に乗じて勝つべきである」

姿勢、表情、太刀さばき、斬りかけ、突く気配などで敵を誘えば、敵はかならず太刀を斬りだしてくる。その技の裏をとって勝つのみである。

新陰流をひらいた信綱が、無敵のつよみをあらわしたのは、敵がこちらの隙を見て、たやすく斬りこめるとよろこぶように、わざと隙をつくってやったためである。罠《わな》にはまった敵は逃げない。

他の流派では、わざと隙をつくるようなことはしない。敵に斬りこませないように迅速に避け、敵の攻撃を防ぎ守る手段を、さまざまの構えによって実現しようとする。

このため、新陰流では太刀の構えというものがない。相手の動きに従って自在に太刀を動かすのである。信綱は教えた。

「敵が急に斬りつけてきたり、理屈にあわない力任せの斬りこみを、風車のようにしかけてくるときは、敵と同じ調子でこちらからも斬りこむのは、下手な応じかたである。敵が急に斬りこむときは、『近きに遠き』という教えを思いだし、敵にから回りをさせ、そのいきおいがいくらか弱ってくるのを見はからって、敵に近寄り、しかけるのがよい」

敵がひるんで後退するときは、「遠きに近き」とつよく前へ踏みこんで、つよくしかけねばならない。

また信綱は、「大調子に小調子、小調子に大調子」ということを教えた。こちらが敵の太刀の遣いかたにあわせてゆけば、敵は調子に乗ってくるので、調子をあわせず、主導権をとらねばならないということである。

活人剣の定理について、信綱は分かりやすく教えた。

「敵にむかい、こちらから攻めていって不用意に打ちこめば、敵に自分の腕を斬られる隙ができる。とにかく先《せん》をとってやろうと安易な考えで打ちこめば、取り返しのつかない敗北を喫することになる。

だから敵に先に斬りこませ、そのはたらきに従って、対応して勝つ。それが活人剣のはたらきというものだ」

斬りあいをするとき、もっとも重要なのは間合を読むことである。新陰流では間積りというが、敵より先に正しく間合をとれば、かならず勝てるとする。

信綱は間合の境を水月《すいげつ》と呼んだ。頭上に月が照りわたっているとき、足元に水が流れ入ると、月影がたちまち映じる。それとおなじように、自分の太刀先が届く間合のうちに敵が入りこんでくれば、かならずこれを打つ。

信綱は水月の位について、臨済禅師《りんざいぜんじ》の語を引用した。

「心法《しんぽう》は形なく、十方《じっぽう》に通貫《つうかん》す。水中の月、鏡裏《きょうり》の像」

心の法はもとより形がなく、自然に天地に満ちわたっている。水中の月影、鏡のなかの影像のように、見えていても手に取ることができず、何もないのだが形はあきらかに現れている。

このように心が水中の月のように冴《さ》えわたっているときは、間合の境があきらかに見え、自在に変化して真の活人剣をふるうことができるのである。

人の精神のなかには自由自在に動けるはたらきがそなわっており、太刀をとったときに、自由な太刀遣いができるようになる。それが霊妙な刀法となって、敵があらゆる方向から斬りかかってきても、すこしも遅れることのない対応ができる。信綱はこれが新陰流の神髄であるといい、天下無敵の刀法を編みだしたのである。

前田慶次

奇抜な格好と豪胆さで
諸将を驚かせた
かぶき者

一

前田慶次《まえだけいじ》は前田利家《としいえ》の義理の甥《おい》であるが、その生涯の事蹟については、きわめて曖昧《あいまい》な伝承が残されているばかりである。

だが武家階級のあいだでは、幕末に至るまで人気が高かった。慶次の行動をものがたる逸話、稗史《はいし》、俗説を通じて、文武ともにきわめてすぐれていながら、その資質にふさわしいはたらきをする機会にめぐまれなかった豪傑の鬱懐《うっかい》が、よく理解できるためであった。

慶次が胸中の憂いを散じる行動には、暗い印象がない。諸人の笑いを誘う豪放《ごうほう》磊落《らいらく》の味わいが、常にともなうので、その人気がすたれなかったのである。

前田慶次は織田信長《おだのぶなが》の重臣滝川一益《たきがわかずます》の甥であったといわれる。滝川一益は、近江《おうみ》国甲賀《こうが》の豪族で、信長に仕えてのちは、野戦、城攻めに失敗することがなく、信長はその才幹を買い、麾下《きか》軍団の将帥《しょうすい》として重用した。

滝川の一族であった慶次は、壮年になって尾張《おわり》国愛知《あいち》郡荒子《あらこ》（名古屋《なごや》市）城主、前田利久《としひさ》の養子となった。利久には嗣子《しし》がなかったので、滝川氏から嫁いだ妻の縁で慶次を養子に迎え、弟安勝《やすかつ》の娘とめあわせることにした。信長に仕えた、かの高名な利家は、利久の弟。信長から四百五十貫《かん》ほどの知行《ちぎょう》をうけていた。

貫という単位を石高《こくだか》に換算する場合、さまざまな説があるが、永禄《えいろく》年間（一五五八〜七〇）当時の尾張としては、十石から十一石の価値があった。

前田家は二千貫に近い所領を持っていたので、二万石ほどの土豪であった。信長が台頭すると、前田利久は臣従した。

利久は慶次に前田家を相続させるつもりであったが、信長が介入してきた。

「前田の家を相続するのは、利家でなくてはならぬだわ。他国者にあとはつがせぬ」

信長の意向にはさからえない。慶次が前田家の当主になれば、滝川一族の勢力が尾張に及ぶことになる。信長は一益を股肱《ここう》に用いているが、他郷の勢力には気を許さなかった。

前田利久と慶次は、永禄十二年（一五六九）十月、荒子城を利家に引き渡した。

その後、二人はいくらかの扶持《ふち》を与えられて、織田信長の麾下ではたらいたようである。

無類の武辺者《ぶへんもの》といわれ、文学の素養も深かった慶次は、利家と仲むつまじくつきあうことができたはずであったが、相続の遺恨があとをひいた。

利家はその後、破格の出世をして天正《てんしょう》三年（一五七五）には越前府中《えちぜんふちゅう》（福井県越前市）城主となり、同九年（一五八一）には能登《のと》二十三万石を与えられ、七尾《ななお》城主となった。

このとき前田利久は利家のもとへおもむき、七千石の隠居料をもらい七尾に住んだ。慶次は滝川一益の配下としてはたらき、本能寺《ほんのうじ》の変《へん》のときは上野《こうずけ》国厩橋《うまやばし》（前橋《まえばし》）城にいた。

信長の没後、滝川一益は柴田勝家《しばたかついえ》に協力し、羽柴秀吉《はしばひでよし》、丹羽長秀《にわながひで》らと対立し、天正十一年（一五八三）四月の賤ヶ岳合戦《しずがたけかっせん》にのぞんだが大敗、降伏した。

一益は翌天正十二年（一五八四）春の小牧《こまき》・長久手《ながくて》合戦で、秀吉勢の先鋒《せんぽう》として織田信雄《のぶかつ》、徳川家康《とくがわいえやす》連合軍と戦い、いったんは蟹江《かにえ》城（愛知県海部《あま》郡蟹江町）を占領する手柄をたてたが、逆襲をうけ敗北し、武運が尽きた。

二

前田利家は天正十四年（一五八六）三月、左近衛権少将《さこんえのごんのしょうしょう》の官位を与えられ、尾山《おやま》（金沢《かなざわ》）城を居城として、能登、越中《えっちゅう》の二国に加賀《かが》半国をあわせた、八十二万余国の領地を持つ大大名になった。

前田慶次は、滝川一益没落ののち利家のもとに身を寄せた。彼は越中の阿尾《あお》城（富山県氷見《ひみ》市）代として五千石ほどを与えられていたというが、満足できるほどの処遇ではなかった。

慶次は戦場では怖るべき威力をあらわす大豪《だいごう》の士である。底なしの酒豪で、茶《ちゃ》華《か》の道、詩歌においてもすぐれ、京都《きょうと》の文人のあいだで有名であった。

彼が自分の号を「ひょっと斎」「咄然斎《とつぜんさい》」「不便斎《ふべんさい》」「無苦庵《むくあん》」などと名乗っているのは、本来であれば前田家を相続しているはずの自分に対する、利家の扱いを不満としていたためであろう。

慶次は利家に従い、聚楽第《じゅらくだい》へ伺候《しこう》するために京都に滞在しているとき、宿所に近い風呂屋へ出かけた。風呂屋は蒸し風呂で、浴槽の湯につかるのは湯屋《ゆや》である。風呂屋ではしかるべき湯銭《ゆせん》を支払って入浴すると、湯女《ゆな》が体を洗い、風呂からあがると湯茶を飲ませてくれる。日が暮れると、上《あが》り湯に金屏風《きんびょうぶ》などをたて、湯女が三味線《しゃみせん》をひき、小唄をうたい接待をした。

慶次は風呂へ入るとき、褌《ふんどし》に小脇差《こわきざし》を差していた。先客の侍たちが湯気のたちのぼる簀子《すのこ》のうえにあぐらをくみ、汗をかきながら談笑していたが、慶次を見て息を飲む。彼らはささやきをかわした。

「あれは前田慶次であろうが。音に聞えし豪の者が、風呂に入るに刃物を身につけるとは何事じゃ」

「気がふれたのかも知れぬぞ。用心いたせ」

慶次がもし乱心して脇差をふりまわせば、風呂場にいる者は、裸のまま素手《すで》で対峙《たいじ》しなければならない。

慶次は鼻唄をうたいつつ、充分湯気にあたたまったのち、不意に脇差を抜く。まわりの侍たちははじかれたように立ちあがりかけたが、慶次はその様子に目もくれず、脇差の刃で体の垢《あか》をこそぎはじめた。

「なんと竹光《たけみつ》ではないか。人騒がせな趣向を思いつく傾《かぶ》き者《もの》めが」

同客たちは怒ったが、慶次のいたずらを表立って咎《とが》めだてすれば、肝が小さいと嘲《あざけ》られかねないので、苦々しい思いをこらえるしかなかった。

伏見《ふしみ》城で秀吉に謁見するとき、慶次は頭髪を長く伸ばし、大撫《おおな》でつけにするという修験者《しゅげんじゃ》のような髪のかたちで、鎌髭《かまひげ》を長く伸ばし、人目に立つほどの長々とした長袴《ながばかま》をはいて、秀吉対面所の次の間へ伺候した。

そこに居並んだ大名衆はおどろき、眼をみはった。浅野長政《あさのながまさ》が叱《しか》りつけた。

「そのほう、なんと心得ておるのかや。さようの風態《ふうてい》にては、殿下《でんか》へのお目見えはあいなるまいでや」

慶次はあわてる様子もなく、笑って答えた。

「かしこまってござる。仰せのごとくならば、かようのいでたちといたしまする。これにてようござろうや」

慶次の長髪はかつらで、髭はつけ髭であった。月代《さかやき》は剃《そ》りたてたばかりで、彼はそのまま秀吉に謁見した。

慶次の傍若無人のふるまいを見た大名衆のうちには、笑いを誘われた者もいたが、おおかたは苦々しい顔つきになった。

　慶次は京都に滞在するあいだ、古田織部《ふるたおりべ》の高弟として茶会に出た。また里村《さとむら》紹巴《じょうは》ら文人たちとの交流もさかんにおこない、連歌会などに出席した。

　傾き者としての挿話は、数多く残されている。ある日、慶次は京都の室町通《むろまちどおり》を、家来を連れずひとりで歩いていた。

　慶次はふるびた紙衣《かみこ》を着て、塗りのはげた鞘《さや》の脇差を腰にしている。笠《かさ》は木の皮を編んだ安物であった。彼は五千石の武将である身分を隠し、わざと痩《や》せ牢人《ろうにん》のような外見で市中を闊歩《かっぽ》する。

　そうすれば、世人の彼への対応が変ってきて、軽んじる態度を露骨にあらわす者も多かった。慶次はその様子を観察し、浮薄な人情をあらためてたしかめ、栄枯盛衰のはかなさを味わうのであった。

　呉服屋の前にさしかかった慶次は、店頭に積みかさねている反物《たんもの》を眺めた。繁《はん》昌《じょう》している店の亭主が慶次の気に障った。

　亭主は肥えふとった大男で、両足を店先に投げ出し、そばにいる者と話している。前に足をとめた慶次を見ても、客とも思わないいばりかえった態度であった。

慶次はしばらく亭主を睨《にら》みつけていたが、無視された。慶次は突然店にはいり、亭主の膝をかかえこんでいった。

「そのほう、この足はいかほどに売り申すかのう」

亭主は見るからに貧相な牢人が、小癪《こしゃく》なことをいいだしおったと、鼻先で笑って答えた。

「わたいの足をご所望どっか。まあ買《こ》うてくれはるのやったら、百貫で売りまひょ」

一貫は一千文《もん》。現代の価値に換算すれば、一文はおよそ百五十円になるので、百貫文は千五百万円である。

亭主は冗談で答えたつもりで、慶次にかかえられた足をひっこめようとしたが、万力《まんりき》のような力で押さえられ、動かすことができない。おどろいた亭主は悲鳴をあげた。

「痛《いと》うおっせ。そないに無体《むたい》なことをなんでなさる。ええかげんでやめとくれやす」

だが、慶次は亭主が力をふりしぼっても、こゆるぎもしない。彼は大声で告げた。

「おのしはいま、この足を百貫にて売ると申し、わしは買うと承知した。買ったうえは、切り取って持ち帰るといたす」

慶次は路上にむかって叫ぶ。

「わしが供廻《ともまわ》りはいずれにおる。これへ参って、こやつの足を切ってとれ」

呼び声に応じ、小姓《こしょう》、若党《わかとう》が走り寄ってきて、慶次の前に膝をつく。

「この足を買い求めたによって、金子《きんす》を取って参れ」

亭主は震えあがった。

痩せ牢人と思っていた相手は、武将であった。ただごとではすまないと思った彼は、身震いをしつつ、必死にゆるしを求めた。

「これはお殿さまとも存じませず、ご無礼をいたしました。どうぞご容赦なされてくだはりませ」

慶次は聞き流した。

「おのしは商人《あきんど》ならば、売り買いの道を存じておろうが。いったん約をむすびしうえは、わしはおのしの足を持ち帰るぞ」

町衆《まちしゅう》たちが駆けつけてきたが、慶次は相手にしない。

「商人は物を売って生計をたてるのではないか。侍が白刃《しらは》の下で命のやりとりをいたすとおなじ気合にて、なすべきことなるに、勘弁いたせとは聞えぬぞ。このうえは、なんとしても足を切りとって持ち帰るゆえ、さよう心得よ」

店先は人垣ができた。

町衆たちは困りきって、奉行所へ頼みこみ、奉行の直接の仲裁でようやく慶次は詫《わ》びを聞いれた。

この事件ののち、京都の町中で不作法《ぶさほう》なふるまいをする商人が、いなくなった。

慶次の奇矯のふるまいは京中の評判となり、秀吉に近習《きんじゅう》のひとりがそれを言《ごん》上《じょう》した。

「加賀大納言《かがだいなごん》の甥御、前田慶次殿が、いま噂《うわさ》のたかき傾き者にござりまする」

秀吉はさっそく近習に命じた。

「さほどにおもしろき傾き者ならば、随分変りたる趣向をこらし、まかりいでさせよ」

慶次は秀吉の下命《かめい》をうけ、虎《とら》の皮の肩衣《かたぎぬ》に人目をひく異風の袴をつけ、髷《まげ》を片方によせてゆい、拝謁《はいえつ》のとき頭を畳へ横につけ、平伏《へいふく》した。髷はまっすぐ上をむいている。

秀吉は拍手しておおいに笑った。

「さてもさても傾きし男だがや。このうえも変りたる趣向をこころがけよ」

秀吉は褒美《ほうび》として馬一頭を与え、命じた。

「わしが前にて馬を受けとれ」

「御意《ぎょい》の如く、かしこまってござりまする」

慶次がいったん引きさがったあと、秀吉は左右にひかえる大名衆にいった。

「あやつが馬を受けとる作法を知らぬならば、ただのおどけ者だがや。まことの傾き者ならば、作法を違《たが》えぬでやあらず」

まもなく、慶次が褐色《かちんいろ》の直垂《ひたたれ》をつけ、髪を尋常にゆいなおしてあらわれ、下賜《かし》の馬を受けとる作法を、典礼に従い、寸分の隙《すき》もなくおこなってみせた。

秀吉は慶次の水際立った所作におどろくばかりであった。

「あの行儀のよさは、なみの者にてはなしがたいところでや。こののちいずれの地に参るとも、望むがままに傾いてふるまわせよ。わしがさし許すでなん」

三

天正十五年（一五八七）八月、前田利久が亡くなった。前田一族と慶次との縁が、利久の他界により、さらに薄くなった。

前田利家は慶次と気があわなかった。慶次は文武両道にすぐれてはいるが、常に弁舌で人目に立ち、人騒がせなことばかりする。

武士らしく、もっと沈着なふるまいをせよと小言ばかり言った。慶次は反発した。

「叔父御《おじご》はあのように言われるが、色情きわめてつよく、金銀の欲も人なみはずれ、鎧櫃《よろいびつ》に算盤《そろばん》をいれて持ちおくほどではないか。

それが大大名となったいまは、侍らしくいたせなどと小言ばかり申される。まことに片腹痛きばかりじゃ。

わしは叔父御のように、体裁ばかりを気にして生きたくはない。五千石の知行をくれたところで、本心ではやりたくもないふるまいをせよと強制されるようでは、日々の暮らしむきにも窮する牢人と、まったく変らぬではないか。楽しく暮らせることが、おのれを生かす道である。そうすれば、いずれは叔父御のもとから立ち退かねばなるまい」

天正十八年（一五九〇）二月、慶次は前田利家に従い秀吉の小田原《おだわら》攻めに参陣した。信濃《しなの》から上野に攻め入った前田勢は、松井田《まついだ》城（群馬県安中《あんなか》市）を攻略し、さらに武州鉢形《ぶしゅうはちがた》城（埼玉県大里《おおさと》郡寄居《よりい》町）を攻めた。慶次は一軍を率い、関東の北条《ほうじょう》氏の支城攻撃に参加していた。

北条氏政《うじまさ》・氏直《うじなお》父子を降伏させた秀吉は、七月末に宇都宮《うつのみや》へ出向き、奥州《おうしゅう》諸大名の知行の割りふりをおこなった。慶次は奥州諸国の検地《けんち》をおこなう前田利家に従った。

慶次が前田家を出奔《しゅっぽん》したのは、天正十八年の歳末に近い頃であったと推測されている。

慶次は小田原攻めの以前から、前田家を離れようと考えていたと推測される挿話がある。いつの頃か分からないが、彼が京都にいたとき、中間《ちゅうげん》に毎日愛馬の松風《かぜ》を賀茂河原《かもがわら》へ曳《ひ》いていかせ、川水で体を洗わせた。

夏の時候で、京都は堪えがたいばかりの蒸し暑さであったが、中間は名馬を涼ませるために衆目《しゅうもく》を集めながら大路《おおじ》を闊歩してゆく。途中で大名、小名《しょうみょう》の行列に出会うと、黙ってすれちがう者はいない。

見事にひきしまった駿馬に目をひかれ、おどろきの声をあげ、中間にたずねる。

「これほどの逸物《いちもつ》は、いままで見たこともござらぬ。どなたのお馬でござろうか」

中間は問いかけを待っていた。

彼はすかさず腰にはさんでいた揉《も》み烏帽子《えぼし》を頭にかぶり、足拍子を踏みながら、剽軽《ひょうきん》な身ぶりで幸若舞《こうわかまい》を舞いつつうたった。

この鹿毛《かげ》と申すは
あかいちょっかい革袴《かわばかま》
茨《いばら》がくれの鉄冑《てつかぶと》
前田慶次が馬にて候《そうろう》

慶次が中間にこんなことをやらせたのは、文武両道の達人である自分の存在を、世間にひろく宣伝したいためであったろう。どこかの大名から仕官を誘う声がかかれば、利家のもとを離れようと考えていたのである。

慶次は奥州から帰国してのち、前田家を出奔して、望むがままの牢人暮らしをやってみたいと思うようになっていた。

利家の一家衆として生きてゆけば、贅沢《ぜいたく》な生活を楽しめるが、かねて秀吉に許されていた、傾き者としての明け暮れをどうしてもやってみたい。

慶次は前田利家の兄安勝の娘をめとり、一男三女をもうけていたというが、出奔のときには家族を加賀に残したままであった。

彼は前田家を退散するための趣向をいろいろと考えた。大名の重臣が勝手に主家を退散するとき、主君から追手をむけられ、連れ戻されるか討伐されるか、おだやかではない結末を覚悟しなければならなかった。

慶次は秀吉から傾き者としての存在を認められているので、利家も彼を独断で処分できない。そのため慶次は立ち退くにあたり、おとなしく消えるのではなく、利家を怒らせてやらねばならないと思いついた。

——あやつを火のように怒らせる手だてをいたさねばならぬ——

彼は垂れこめた雪空を見あげるうち、これだと膝をうった。

雪が降り、底冷えがきびしく、座敷に坐《すわ》っていても胴震いをするほどの寒い季節であった。慶次は利家に会い、かしこまって申しあげた。

「明朝、お屋形《やかた》さまに粗茶を献じたく存じまするゆえ、手前が屋敷へおはこびいただきたく願いあげまする」

利家は気のあわない慶次が、突然茶湯に招きたいといってきたので、おおいによろこび、頬がゆるんだ。

「うむ。茶席に招いてくれるのか。おぬしは茶湯に通じておるゆえ、さぞ楽しませてくれようでや。よし、明けの朝には参るでなん」

翌朝、利家は慶次の屋敷へ出向いた。

「これはむさくるしきところへ、わざわざおはこび下され、恐悦至極にございまする。まずは屋敷にお通り下されませ」

利家は茶室へみちびかれ、亭主となった慶次のもてなしで、茶を喫した。

利家は機嫌よく慶次を褒めた。

「うむ、茶事にくわしきおぬしなれども、いかにもあざやかなる所作ではないか」

「これは、恐れいってござりまする」

慶次は笑みをたたえ、すすめた。

「今日は、一段と底冷えがいたし、雪がしきりに降っておりまする。私の住居には蒸し風呂がなく、湯風呂をたてておりますれば、どうぞ湯浴《ゆあ》みをなされて下されませ」

「そうか。それはありがたき心配りだで。今日のごとき日和には、湯にあたたまりたきものだわなん」

慶次は利家を湯殿へ案内し、湯加減をたしかめていう。

「ちょうどよき湯加減なれば、ごゆるりとおつかい下さりませ」

利家は衣類をぬぎすて、湯船に入るなり、声をふりしぼって叫んだ。

「これは水でや。わしを水風呂にいれたぞ。そのいたずらものを捕えよ。逃がすでないぞ」

おどろいた家老、近習たちは慶次を捕えようとしたが、その姿はすでになかった。利家は目付《めつけ》に追跡させたが、慶次は裏門につないでいた愛馬松風に飛び乗り、足跡を絶った。

四

慶次は会津《あいづ》に下って、上杉景勝《うえすぎかげかつ》に召し抱えられた。俸禄《ほうろく》は五千石であったとも、千石であったともいわれる。

あるとき、上杉家の上士《じょうし》が主君上杉景勝に謁見した。いずれも素襖《すおう》という礼服を着ていた。慶次も素襖をつけていたが、紋がなかった。景勝がそのわけを聞いた。慶次はすまして答えた。

「紋はついておりまする。いま一度よくごらん遊ばされませ」

景勝と家臣たちは慶次の衣服に顔を近づけ、よく見るとちいさなしらみの紋がついていた。

景勝以下、君臣ともにどっと笑いころげ、烏帽子が傾いた者もいたが、慶次はいっこうに笑わず、厳然と坐っていた。

慶次は戦場で背中に負う自分の指物《さしもの》に「大ふへん者」と書いていた。それを見た上杉家の家来たちが怒った。

「あやつにどれほどの軍功があって、大武辺者《だいぶへんもの》と書くのか。慶次に会い、その返答しだいでは指物を踏み折ってくれようぞ」

侍たちは慶次の屋敷をたずね、指物に上杉家の武勇の士を無視する文字を記した理由を聞いた。

慶次は大笑いして答えた。

「貴公方《あなたがた》は、仮名の清濁をご存知なきか？　われらは落ちぶれて金銀乏しきゆえ、大不弁《だいふべん》（便）者《もの》と記せしまでよ」

慶次は武功すぐれた者だけが持つ皆朱《かいしゅ》の柄《え》の槍《やり》を持っていたので、家中《かちゅう》の豪傑たちが憤慨したが、主君景勝はそれを許した。

慶次が戦場で勇壮なふるまいをした挿話がある。関ケ原の合戦で東西両軍が激突し、西軍が惨敗したのは、慶長《けいちょう》五年（一六〇〇）九月十五日であった。

そのとき奥羽《おうう》では上杉勢二万数千が、家老直江兼続《なおえかねつぐ》の総指揮のもと、隣接する最上義光《もがみよしあき》の領内に侵入し、最上勢と援軍の伊達《だて》勢を相手に激戦を展開していた。

西軍敗北の知らせが、伊達、最上側に伝えられたのは九月三十日。直江兼続のもとには前日の二十九日に届いた。上杉景勝は、直江に命じた。

「ただちに戦闘をやめ、上杉領内へすべての兵を撤収せよ」

攻勢に出ていた上杉勢が後退の様子をあらわすと、最上、伊達勢がたちまち反撃に出てきた。損害が続出し、総崩れになろうとしたとき、前田慶次は直江をはげまし殿軍《でんぐん》をひきうけ、皆朱の槍をふるって奮闘しつつ、退却していった。

その途中、味方の侍が敵と乱闘するうち、深手を負った。出血をとめる血縛《ちしば》りの薬を飲ませようとしたが、水がないので喉を通らない。

「仕方もなし。小便を鉢にうけ、薬を溶いてのませようぞ」

朋輩《ほうばい》が小便を出そうとするが、だれも一滴も出せなかった。

敵の返り血を浴び、死闘をおこなった直後であるため、体が緊張しきっているのである。慶次がいった。

「かようにきびしき戦場にては、人は、皆気があがって小便が出にくいものじゃ。わしはすこしも上気しておらぬゆえ、小便はいつでも出るぞ」

彼は鉢に小便を溜《た》めながら言葉をついだ。

「こののちも、かようのさし迫ったところで小便の御用があれば、わしに申されるがようござろう」

その場にいた侍たちは、慶次の豪胆をはじめて知った気になった。

前田慶次の没年は慶長十年（一六〇五）という説と、慶長十七年（一六一二）という説がある。

前者の場合は、大和国《やまと》刈布村《かりめ》という在所で亡くなったとされる。後者では米沢《よねざわ》堂森《どうもり》（山形県米沢市万世町《ばんせいちょう》堂森）で亡くなったことになっている。没年齢は七十三歳、七十余歳のいずれかである。

大和で亡くなったという説の根拠は、慶次の従者であった野崎知通の遺記である。野崎は慶次が慶長十年十一月九日に亡くなったと記しているそうである。

このとき野崎は三十歳。慶次の没後は加賀に戻り、慶次の娘の嫁いだ越中富山《えっちゅうとやま》の戸田《とだ》家に仕えた（今福匡《いまふくただし》著『前田慶次・武家文人の謎と生涯』〈新紀元社刊〉参照）。

前田慶次の生涯は、歴史にもとづく記録が極めてすくなく、伝承、稗史がほとんどであるようだが、歴史のうえで彼について語るものが絶えることなく、最近の歴史ブームで人気を集めている。権勢を無視する傾き者の巧まざるユーモアが、心の琴線に触れるためであろう。

信長・秀吉と対峙し
侘び茶を大成させた
茶聖

千利休

一

千利休《せんのりきゅう》は大永《だいえい》二年（一五二二）、堺《さかい》の町衆《まちしゅう》千与兵衛《よひょうえ》の子として、堺今市町《いまいち》（堺市堺区宿院町《しゅくいん》）に生まれた。

十代から茶の湯の道に入り、武野紹鷗《たけのじょうおう》に入門し、侘《わ》び茶を学ぶ。天文《てんぶん》年間（一五三二～一五五五）に、宗易《そうえき》と号して茶会を開いた記録が残されている。

堺の町衆は貿易商人であったので、唐物《からもの》を重んじる名物《めいぶつ》を好む者が多かったが、宗易は村田珠光《むらたじゅこう》好みの茶碗を好み、禅僧の墨跡《ぼくせき》を掛け物に用い、侘びに茶道の神《しん》髄《ずい》があると主張した。

「侘び」とは、人が家のなかで頭を低く垂れ、坐《すわ》っている形を示し、世の権力がつかの間の泡沫《うたかた》にすぎないと見る、名利《みょうり》を否定する無の自覚に通じるものであった。

侘びといってもわが身の孤独をさびしがり、生きることをはかなむのではない。現世の繁栄は陽炎《かげろう》のように実体のないもので、すべては空《くう》であるとする境地に至った、きびしい現実認識である。

宗易は四十代後半に一時家運が傾いた時があったが、茶の師匠としての名声がしだいにたかまり、織田信長《おだのぶなが》が堺を自らの支配下に組みいれ、元亀《げんき》元年(一五七〇)、名物狩りと称し、町衆の所蔵する貴重な茶器を買いあげたとき、茶をたて有名になった。

また、天正《てんしょう》二年(一五七四)頃から、堺衆は大和《やまと》衆、和泉《いずみ》衆とともに織田家の家臣団に組みいれられた。

そのとき宗易は、信長の茶頭《さどう》として三千石《ごく》を与えられた。彼が利休号を用いるのは、天正十三年(一五八五)十月の禁裏《きんり》茶会以降である。

信長が堺衆を臣従させたのは、兵站《へいたん》運営と情報収集の機能を果たさせるためである。

数万、十数万の軍団が行動するとき、莫大《ばくだい》な兵糧《ひょうろう》、弾薬、鉄砲が必要である。その計数処理をおこなったうえに、それらを買いととのえる能力を、武士は持っていない。

武士は戦闘の専門家で、戦場での進退についての要領はもちろん心得ており、鋭利な刀槍《とうそう》をふるい人を殺傷する手際は、殺人機械というべきものである。
だが日本全土、あるいは海外情勢についての知識がまったくなかった。堺衆は
そのような情報をゆたかにたくわえていた。
宗易の先祖は安房《あわ》の里見源氏《さとみげんじ》といわれる。子孫が山城《やましろ》国に移住し、宗易の祖
父・田中千阿弥《たなかせんなみ》が足利《あしかが》八代将軍義政《よしまさ》の茶同朋《ちゃどうぼう》となった。
千阿弥の長男与兵衛は千氏と称するようになり、一代で納屋衆《なやしゅう》と呼ばれる、堺
の豪商に列するようになり、堺今市町で魚屋《ととや》をひらいた。
天正二年三月二十四日、信長は京都相国寺《きょうとしょうこくじ》で茶会をひらいたが、堺の実権を握
る納屋衆が列席した。
宗陽《そうよう》、宗久《そうきゅう》、宗佐《そうさ》、宗二《そうじ》、隆仙《りゅうせん》、隆世《りゅうせ》、宗易（利休）、常琢《じょうたく》、宗及《そうぎゅう》らである。
信長は堺商人が煩雑《はんざつ》な商いの疲れを癒《いや》すための、社交の場とした茶の湯を、政
治に利用した。茶の湯は旧支配階級が崩壊し、下剋上《げこくじょう》によって新興大名が台頭し
てきたとき、公卿《くぎょう》、武士、僧侶《そうりょ》、町人など、さまざまな環境で生きてきたひとび
とが互いに接点を持つことができる唯一の社交の場であった。
信長は茶道具の値段に、まず興味を持った。彼にとって一片の木片であり、土

くれにすぎない茶道具の値段が、聞けばあきれるよりほかはない高額であるのを知り、それを政策の道具とすることを思いつく。

茶の湯は、亭主が客と狭い客室にいて、対座して数時間を過ごすのだから、相手の心を読むことができる。胸中に敵意を隠す者であれば、目におちつきがなくなり、呼吸が切迫してくるなど、異常な動きがあらわれてくる。信長にとって、茶の湯はひとつの政策の道具にすぎない。

彼は茶の湯の会をひらくことを家臣たちの論功行賞《ろんこうこうしょう》として利用し、彼らが勝手に茶の湯をおこなうことを許さなかった。

信長が茶の会をひらくことを許した家臣は、前田利家《まえだとしいえ》、明智光秀《あけちみつひで》、羽柴筑前守《はしばちくぜんのかみ》(秀吉《ひでよし》)など限られた武将のみである。

利家らは、「御茶湯御政道《おちゃゆごせいどう》」を許されたとして、たいそうな名誉であると感じた。信長にとってはそう思わせることが、狙いである。元手もいらずに、家臣の忠誠心を煽《あお》りたてることができるからである。

茶の湯は一定の儀礼の手順を覚え、それに従えば、そのときによって独自の演出をして、さまざまな境地をつくりだせる。

やりはじめると奥はいくらでもひろがってゆくが、とりつきやすいのである。

茶の湯には、現世で一度しかないかもしれない出会いを楽しむ、という意の「一期一会」という考えがある。現世と茶室とのあいだには、次元を異にする結界という境界線があって、茶室に入った者は、現世のしがらみを断ちきった静寂のなかで、しばらくの間を過ごすのである。

堺衆は信長上洛《じょうらく》までは畿内《きない》の覇者であった三好長慶《みよしながよし》と甥の義継《よしつぐ》、長慶の家老の松永久秀《まつながひさひで》に協力していたが、織田体制の外交部門を担うことになった。

天正四〜五年（一五七六〜七七）頃、信長お茶頭の宗易（利休）は、数奇者《すきしゃ》として天下に隠れもなかった。信長は宗易の才能を高く評価していた。

当時秀吉が宗易にあてた手紙がある。内容は秀吉が長いあいだ宗易に預けていた金子《きんす》をうけとった礼状であるが、文章の書きかた（書札礼《しょさつれい》）が、左記のように宗易を師としてあがめているものである。

「わざわざ申し入れ候《そうろう》。

預け申し候皮袋金子、たしかに請け取り申し候。

長々御無心、祝着《しゅうちゃく》つかまつり候。恐々謹言《きょうきょうきんげん》。

十一月四日

羽柴筑前守

秀吉（花押《かおう》）

宗易公　参る」

宗易は天正十年（一五八二）、信長横死のあと秀吉お茶頭となった。

天正十三年、秀吉は関白《かんぱく》に就任してまもない十月七日に、これまでひらかれたことのない禁中茶会をもよおし、この場で宗易は利休居士号《こじごう》を勅賜《ちょくし》された。

利休は信長より秀吉を軽視していた。信長は政策の一環として茶の湯政道をとなえたが、利休がのぞきこむことのできない物《もの》の怪《け》につかれたような、つめたい闇を心中にたたえていた。

秀吉は茶の湯をたのしみ、作法の奥ふかいひろがりを味わうことを知った、優秀な数奇者であった。利休は秀吉の側近に仕えることに慣れてくると、これは信長よりもはるかに分かりやすい人物であると軽んじるようになった。

利休は天正十五年（一五八七）の九州征伐の頃まで秀吉の外交政策をうけ持つ重要な謀臣であった。秀吉は出自にひけめがある。尾張《おわり》の百姓の倅《せがれ》であったという事実は、諸大名との交渉の際に、ひそかに軽んじられる理由となった。

秀吉は新秩序をうちたてるために旧秩序をうちこわしたかったが、大名たちとの謁見はすべて古式にのっとっている。

秀吉はそのため茶の湯を利用した。茶の湯の神髄は茶室に入れば自分を忘れ、現世と離れた自由の世界に遊ぶところにある。

その自由の精神を政略に利用するのである。秀吉の茶会から新しい支配階級の秩序が生まれるのである。

諸大名は秀吉の茶会の価値を、つぎのように表現した。

「日本のつきあいに遅れ、恥をかけば、あたらしい支配体制の社会秩序に遅れる」

茶の湯の席にはかならず利休がいて、対立していた勢力が服属するとき、あるいは諸大名が参向するとき、立ちあうことになる。

利休は当時、秀吉政権の機密を知りつくしていた。天正十二年（一五八四）の小牧《こまき》・長久手《ながくて》合戦のとき、秀吉と家康《いえやす》との講和交渉に参加し、政治の裏面における工作をさかんにおこなった。

天正十五年の九州征伐では利休は細川藤孝《ほそかわふじたか》（幽斎《ゆうさい》）との連名で、島津義久《しまづよしひさ》にはやばやと降伏するのが得策であるとうながす書状を送った。

家康が上洛して秀吉に服属したときも、利休は同席していた。豊臣《とよとみ》家における堺衆の任務は、外交面では利休、武器弾薬の調達など兵站をまかなう面では小西《こにし》立佐《りゅうさ》（隆佐）が代表していた。

立佐の息子小西行長《ゆきなが》は、瀬戸内海《せとないかい》の塩飽《しわく》諸島から堺までの海上交通を支配していた。堺衆は生糸、金銀の貿易をもおこない、秀吉の財宝の一切を管理した。

堺衆の強大な勢力がかげりを見せはじめたのは、天正十四年（一五八六）、信長の生前から堺政所《まんどころ》（政務長官）をつとめていた松井友閑《まついゆうかん》が引退させられ、石田《いしだ》三成《みつなり》が堺奉行に着任したのちである。

その年の秋、秀吉は堺の南北を囲う堀を埋め、自治都市の形態を消してしまった。すべては石田三成、増田長盛《ましたながもり》ら武家官僚の台頭による変化であった。

天正十七年（一五八九）五月、嫡子《ちゃくし》のなかった秀吉が、淀殿《よどどの》とのあいだに鶴松《つるまつ》という嫡子を得たときから、三成ら官僚勢力が急速に増大した。秀吉が中央政権の方針を望んだためであった。

織田政権で秀吉とともに苦労を重ねてきた徳川《とくがわ》家康、前田利家、浅野長政《あさのながまさ》らは三成を嫌った。天正十八年（一五九〇）の春、秀吉は弟羽柴秀長《ひでなが》の病が重くなった頃から、利休をうとんじるようになってきた。

それまで物事の本質をつかむ感覚がするどく、細事にこだわらなかった秀吉が、利休の言葉に機嫌を損じ、叱《しか》りつけることが多くなった。

秀吉は同年四月に北条《ほうじょう》氏のたてこもる小田原城《おだわらじょう》を包囲し、奥羽《おうう》で強大な勢力を持つ伊達政宗《だてまさむね》を帰服させ、七月には二百五十万石の大大名である北条氏を滅亡させた。

徳川、前田、浅野らは、伊達、北条を滅ぼすことなく、共存する方針を望んでいた。長く戦場往来を重ねてきた、武将としての共感があったためである。

だが秀吉が天正十五年に発した、関東、奥羽の諸大名に領土争奪の戦《いくさ》をおこしてはならないとする惣無事令《そうぶじれい》に伊達、北条が違反したため、情勢が一変したのである。

二

利休の権勢が石田三成ら武家官僚を寄せ付けなかった天正十三年十二月末、安《あ》芸《き》毛利《もうり》家の小早川隆景《こばやかわたかかげ》、吉川元長《きっかわもとなが》が大坂城《おおさかじょう》で秀吉に謁見した。

毛利家は秀吉の四国征伐の際、伊予《いよ》へ出兵した。その功によって長宗我部《ちょうそかべ》降伏ののち伊予一国を与えられたので、礼を述べるために伺候《しこう》したのである。

隆景は総金の太刀《たち》一振り、長光《ながみつ》の刀一腰《こし》、馬一頭、銀子《ぎんす》五百枚、虎《とら》の皮十枚、紅糸百斤《きん》、大鷹《おおたか》三連《もと》を献上した。

元長の献上品は、太刀一振り、刀一腰、馬一頭、銀子五百枚、猩々皮《しょうじょうひ》一枚である。

当時、銀子千枚の価値は現代の六十億円である。

饗宴《きょうえん》のあとで、秀吉は二人に黄金の茶座敷を見せてやろうと言った。

隆景、元長は寒気のなか、鏡のような光をたたえる大廊下を幾度も折れてゆき、百畳ほどの控え座敷へ案内された。

障子窓《しょうじまど》に昼下がりの陽が照っているが、座敷はうす暗かった。秀吉は小姓《こしょう》に灯をともさせた。隆景らは、思わず「あっ」と声をあげた。

そこに置かれていたのは、黄金のかがやきが眩《まぶ》しい輿《こし》のようなものであった。

秀吉はおどろく隆景たちに、得意げな笑顔をむけた。

「これはこのたび、利休にこしらえさせし黄金《きがね》の茶座敷だわ。山里の数寄屋《すきや》とおなじ組み立てで、壁、柱をはずせばいずこへなりと持ち運べるのだで」

黄金の茶室は三畳敷で、天井、壁、柱、明り障子の骨まで全部黄金で、障子紙のかわりに赤紗《あかしゃ》を張っていた。

畳は猩々皮（緋）、縁《へり》は紺地の金襴《きんらん》、なかは錦、うらは毛氈《もうせん》であった。

茶室で用いる茶道具は、つぎの通りである。

一、御釜《おかま》　風炉《ふろ》　黄金　切りあわせ　丸釜。

一、御水指《みずさし》　面桶《めんつう》付。ツチメ、トジブタ。黄金。

一、柄杓立《ひしゃくたて》　柑子口《こうじぐち》　黄金。

一、水こぼし　合子《ごうす》　黄金。

一、御茶入なつめ　黄金一《ひとつ》、御茶碗二《ふたつ》。おおいに深し。重ねて置かれている。

黄金。

一、四方盆《よほうぼん》　黄金。

一、柄杓《ちゃしゃく》　竹。

一、茶杓《ちゃせんだけ》　黄金。

一、茶筅竹　紫竹《しちく》。

一、蓋置《ふたおき》　黄金。

一、炭入レ　ヒョウタン形《なり》、黄金。

一、火箸《ひばし》　黄金

一、火吹《ひふ》き　黄金。

秀吉が黄金の茶室をこしらえた時代は「金銀野山に湧きいで」といわれる、大ゴールド・ラッシュの時代であった。大坂城には金銀が溢《あふ》れんばかりである。十畳、二十畳敷の茶室をつくるのは、わけもないことであったが、設計にあたった利休は、三畳間の草庵《そうあん》形式をとった。

「藁屋《わらや》に名馬をつなぎたるがよし」という、茶道の心得によるものであった。

黄金の茶室は、いかにも秀吉らしい成金趣味であると、さげすむ人も多いが、実際に入ってみると、豪華なたたずまいのなかに、なんともいえない侘びの心が深沈と淀《よど》んでいることがわかる。

現代のことになるが、静岡県熱海《あたみ》市のMOA美術館には、利休の設計によって作られたものと同一のかたちの、黄金の茶室がある。純金を約十キロ使って作られたが、なかに坐ってみると、この世のものではない場所に来たような静寂のうちに、ふしぎなあたたかみを感じる。

純金の天目茶碗《てんもくぢゃわん》は、手首に力がはいるほど重い。利休が茶道において、洗練の極致をきわめていたことが理解できる。異様な魅力を味わえる別世界である。

当時の利休の権勢がどのようなものであったかをものがたる挿話がある。天正十四年、豊後太守《ぶんごたいしゅ》の大友宗麟《おおともそうりん》が大坂城にきて、秀吉に謁見したとき、秀吉の弟の羽柴秀長につきそわれ、幾百人とも知れない諸侍《しょざむらい》の注視のなか、手厚いあつかいをうけた。

秀長は宗麟の手をとり、挨拶《あいさつ》をした。

「何事も何事も、私がそばにいるのでご安心ください。内々《ないない》の儀は宗易、公儀の事は宰相《さいしょう》（秀長）が存じています。

あなたのためにならないことは、いたしません。安心してください」

大坂城内で、内々のことについては利休、公《おおやけ》のことについては秀長が、すべての権力の頂点にいるというのである。

宗麟は利休がただのお茶頭ではなく、秀長とともに豊臣政権の両巨頭であるという事実に、脳天へ鉄鎚《てっつい》の一撃をくらったような衝撃をうけた。

利休という居士号の意味は、「名利ともに休《きゅう》す」といい、名誉、利益を超えた脱俗の境地でもある。

利休は秀吉の力によって居士号を下賜《かし》された、御茶頭八人衆の一人にすぎないと思っていた宗麟は、秀長と肩をならべる威望をそなえていることを、国元への手紙に記している。

「今度利休居士に、こまかい配慮をいただき、接待されたことは言葉にいいつくせないほどで、長く覚えているつもりだ。

大坂城内での利休の権勢はおどろくばかりで、彼をさしおいて関白様へ一言も申し上げられる者はいない。

かねがね聞いてはいたが、やっぱり意外であった。秀長公と利休居士とは、いつまでも親密な交際をしなければならない」

利休は政権の人事をすべて掌握していたといわれている。

石田三成が堺奉行になってのち、堺衆は没落をつづけていた。秀吉の下命《かめい》によって大坂城下が繁栄をつづけ、重要な商業取引は大坂でおこなわれるようになった。そのため、堺の会合衆《えごうしゅう》、納屋衆は、地代、納屋賃貸、家賃、貸金の収入が激減して財力を失っていた。

利休が三成に怨恨《えんこん》を抱かれ、破滅の淵《ふち》に追いやられたのは、天正十九年（一五九一）二月二十八日であった。

三

同年正月二十二日、大納言《だいなごん》羽柴秀長が五十二歳で世を去ったとき、利休の運命は決まった。最大の庇護者《ひごしゃ》がなくなれば、三成の鋭鋒《えいほう》をさけることができない。

三成は奥羽の地で一時は百万石におよぶ領土を獲得した伊達政宗を抹殺して、

秀吉の中央政権の方針をつらぬきたかった。

三成の策に反対の意向を示したのが、徳川家康、前田利家ら武将たちであった。彼らは武人として政宗に親近感を抱いていた。

三成は官僚である。小田原城攻めでは約二十一万の軍勢を動員するために、巨大な兵站補充をおこなう能力のある、官僚が必要であった。三成は豊臣政権を動かす官僚組織の最頂点にいる。

三成に狙われた政宗が、最初の危機を迎えたのは、秀吉の発した惣無事令に違反して、政権の許可を得ず、天正十七年（一五八九）六月、会津《あいづ》蘆名《あしな》氏を攻め、撃破したことを指摘されたときである。

政宗は北条氏滅亡のあとを追い、断罪されてもしかたない立場にあった。だから、小田原城が豊臣勢の重囲のなかに孤立し、陥落も間近であると見られるようになった、天正十八年（一五九〇）六月、小田原で秀吉に謁見し、惣無事令違反の罪を詰問されたが、巧みに陳弁して赦免された。

秀吉はながらく戦場を駆けまわった武人で、政宗のような剛毅《ごうき》な若者を、心中では好んでいた。家康、利家、浅野長政らは、秀吉の内心を読み、政宗に追及の鋒先《ほこさき》をかわす手段を教えた。

政宗は最初の危機を免れた。

三成は好餌《こうじ》を取り逃がした。彼はひそかに政宗助命の策動をしたのが、家康、利家らの大大名であるのを知っていた。彼らに復讐《ふくしゅう》をしようとしても、無理である。

三成は家康と親密な間柄の利休に、恨みをむけた。「内々の儀は利休」といわれた当時とくらべ、三成の台頭によって利休の権力は衰えてきていた。

利休を庇護しているのは、秀長であった。秀長は家康、利家と同様に、中央集権が極端になれば、虎の威を借る狐の三成が、豊臣政権を左右することになるだろうと、危惧《きぐ》していた。三成は秀長のいる間は利休を処分できない。

政宗は百万石以上の領地を七十余万石に減らされたのち、会津白河《しらかわ》で豊臣家の馬廻《うままわ》り衆であった新領主木村吉清《きむらよしきよ》父子の悪政によって、旧大崎《おおさき》、葛西《かさい》領の地侍《じざむらい》が暴動をおこしたとき、会津黒川《あいづくろかわ》城（会津若松《わかまつ》城）の新城主となった蒲生氏郷《がもううじさと》とともに、鎮圧を命じられた。

だが、政宗は積極的に行動しなかった。豊臣勢が苦戦すれば、秀吉はこの地を政宗に預けるかもしれないと思ったためである。

そのうち、政宗の家臣であった侍が、伊達の飛脚が通るのを見て、斬りすて、懐《ふところ》を探った。彼は政宗に遺恨《いこん》があり、書状を氏郷に渡した。

飛脚は懐中に、政宗が暴動をおこした地侍たちにあてた廻状《かいじょう》を持っていた。これが秀吉のもとへ送られ、政宗は今度こそ逃れられないと衆目《しゅうもく》の一致する窮地へ追いこまれた。

政宗は天正十九年（一五九一）二月四日に上洛した。京都の町衆は、人垣をつくって政宗主従の行列を見物し、眼をみはった。

馬上の政宗は、白装束を着込んでいた。馬の前に金箔《きんぱく》を貼った磔柱《はりつけばしら》を人足が担いでくる。その有様は、京中の話題になった。

政宗への訊問《じんもん》は、聚楽第《じゅらくだい》大書院でおこなわれた。政宗は、蒲生氏郷が送ってきた、わが直筆の書状を秀吉の面前でつきつけられた。

その筆跡は、以前に秀吉へ差しだした書状とまったく同一であった。政宗の花押は鶺鴒《せきれい》の花押といわれ、有名であった。

「これはいかなることでやな。返答いたせ」

政宗はおちつきはらって答えた。

「一揆《いっき》の大将へ渡せし書面は、偽筆《ぎひつ》にござりまする」

政宗は廻状が偽筆であるとの証拠に、鶺鴒の眼にあたるところに、針の穴があいていないといった。

たしかに一方の書状には針でついた穴があった。政宗はこの証拠によって、切腹を免れた。政宗から秀吉に奉った書状には、すべて針の穴がついていたためである。

これは政宗のおどろくべき才智によるものか、あるいは家康、利家らの謀議によって、問題の廻状のほかの花押にすべて針の穴があけられたのか、まったく不明である。

三成が政宗を仕留められなかった腹いせに、利休を犠牲《いけにえ》にしようと考え付いたのは、この頃のことになる。

閏《うるう》正月二十二日、利休は朋友《ほうゆう》といってもいい仲の細川忠興《ほそかわただおき》に、書状を送った。大意はつぎの通りである。

「大徳寺《だいとくじ》からただいま帰宅しました。困りはてて床に臥《ふ》していますが、あまり遅れたので、引木《ひきぎ》の鞘《さや》をさしあげることにしました。万事お目にかかったうえでお礼を申し上げます」

「引木の鞘」とは茶臼《ちゃうす》の引手にかぶせる鞘に似た、筒《つつ》型の高麗茶碗《こうらいぢゃわん》である。

利休が大徳寺をおとずれたのは、同寺三門の金毛閣《きんもうかく》上に置かれた彼の木像につき、石田三成が詰問状をつきつけてきた件の対策を、古渓和尚《こけいおしょう》と相談したのである。

大徳寺三門の楼上に、利休は頭巾《ずきん》をかぶり、雪駄《せった》をはいたわが身の木像を置かせていた。三門は応仁《おうにん》の乱で破壊されていたので、連歌師宗長《そうちょう》が門だけを再興したが、上部の楼閣は失われたままであった。天正十七年に利休がそれを完成させ、金毛閣と名づけた。

利休木像の件は、すべて自分の責任であると古渓はいいはったが、三成は聞きいれなかった。

大徳寺三門には、天皇の行幸《ぎょうこう》、上皇の御幸《ごこう》がある。高位の公卿も出入りする。その楼上に利休が草履をはいた木像を置いたのは、不敬のきわみというのである。

三成は不敬の罪を適用して利休を断罪する機会を、天正十七年以来、虎視眈々《こしたんたん》と待っていたのである。

この事件を知った前田利家は、秀吉生母大政所《おおまんどころ》と秀吉正室北政所《きたの》、秀長後室《こうしつ》に至急すがって助命されるよう嘆願《たんがん》せよとすすめた。大徳寺の古渓をふくめ三長老が、利休木像の件で磔にされるところを、大政所らが秀吉に詫《わ》びてくれたので、助命されたためである。

秀吉も、利休を殺すつもりはなく、木像だけを一条戻り《いちじょうもど》橋《ばし》の橋下に磔にするだけで、赦《ゆる》そうと考えていた。

だが、三成は利休屋敷を侍大将三人、足軽《あしがる》大将三人、足軽三千人で取り巻かせた。利休に自害を強要しているのである。

利休は命惜しさに大政所らの女性方に嘆願したといわれては、後世までの名折れであるとして、切腹により死ぬことを決めた。

利休は三成の検使《けんし》を不審庵《ふしんあん》へ招き、最後の茶の湯をおこなった。古渓和尚が聞いた。

「末期《まつご》の一句。そもさん（いかが）」

利休は答えた。

「白日青天怒電走」

彼が切腹したのは、天正十九年二月二十八日である。大きなあられの混じった豪雨が降り、雷が鳴りひびいていた。

利休の切腹は、武将の切腹にひとしい。切り口から腸をつかみだし、自在鉤《じざいかぎ》にかけ、十文字に腹を切ってのち、介錯《かいしゃく》を頼んだ壮烈なものであったという。辞世は次の通りである。

「人世七十《じんせいしちじゅう》　力囲希咄《りきいきとつ》　吾這宝剣《わがこのほうけん》
祖仏《そぶつ》も共に殺《せっ》す
ひっさぐる我が得具足《えぐそく》の一ツ太刀《たち》
今此《こ》の時ぞ点になげうつ」

藤堂高虎

伊賀上野城・大坂城など
無敵の城を築いた
築城名人

一

藤堂高虎《とうどうたかとら》は近江《おうみ》国犬上《いぬかみ》郡藤堂村（滋賀《しが》県犬上郡甲良《こうら》町）で生まれた。藤堂家は地元の土豪である。父虎高《とらたか》は上杉謙信《うえすぎけんしん》の家来であったといわれ、主家を出奔して以来、諸国を放浪したが、藤堂良隆《よしたか》の養子となった。

母は近在の多賀大社《たがたいしゃ》（犬上郡多賀町）の神官、多賀良氏の娘・妙清《みょうせい》夫人である。

高虎は身長六尺二寸（約百九十センチ）、体重三十貫（約百十キロ）の巨体の持主であった。弘治《こうじ》二年（一五五六）生まれで、織田信長《おだのぶなが》よりも二十二歳年下である。

高虎は父と同様に有力な戦国大名の家来となり、功名をあげて出世しようと考え、父がかつて仕えた浅井長政《あざいながまさ》の家来となった。まだ十五歳ほどであったが、なみの大人を見下ろすような巨体である。

元亀《げんき》元年（一五七〇）六月、初陣となる姉川《あねがわ》合戦においてめざましいはたらきをした。高虎は戦場に出ると危険を忘れ、狂気のように戦う。晩年に彼の裸体を見た者は、全身傷痕《きずあと》に覆われ、両手指先を幾つか切り落されているのを見て、慄《りつ》然《ぜん》としたという。

姉川で浅井勢は織田、徳川《とくがわ》連合軍に敗北したが、高虎の武勇は全軍に聞えた。だが気のあわない上役といさかいをおこし、斬りすてて出奔し、北近江山本山《やまもとやま》（滋賀県長浜《ながはま》市）城主の阿閉貞征《あつじさだゆき》、佐和山《さわやま》（滋賀県彦根《ひこね》市）城主磯野員昌《いそのかずまさ》、信長の弟信行《のぶゆき》の遺子で琵琶湖《びわこ》西岸の大溝《おおみぞ》（滋賀県高島《たかしま》市）城主であった津田信澄《つだのぶずみ》らに仕えたが、いずれも短期間で奉公をやめた。朋輩《ほうばい》、上司とのあいだでどうしても摩擦がおこり、身をひかざるをえなくなったのである。

天正《てんしょう》元年（一五七三）、織田信長の攻撃をうけた浅井氏は滅亡し、羽柴秀吉《はしばひでよし》が抜擢《ばってき》をうけ、浅井、伊香《いか》、坂田《さかた》の三郡十二万石を預けられ、長浜《ながはま》城主となった。

高虎が秀吉の異父弟秀長《ひでなが》に仕えたのは、天正四年（一五七六）である。二十一歳の高虎は、三百石で迎えられた。この年、丹羽長秀《にわながひで》が奉行となり、安土《あづち》城の築城がはじまっていた。

高虎は安土城作事《さくじ》に派遣され、築城、城下町の形成について、豊富な知識をたくわえたと見ることができる。彼は秀長を信頼し、股肱《ここう》として忠誠をつくすようになった。

秀長は家来をかわいがった。彼のもとを去ろうとする家来には、かならずいった。

「こののち、わしのもとへ帰参したいと思うなら、いつでも帰って参れ。前と同様の扶持《ふち》で召抱えてやる」

秀長は、家来といったんかわした約束は絶対やぶらなかった。

高虎は秀吉が播州《ばんしゅう》平定を命ぜられると、天正五年（一五七七）秋、総勢六千の羽柴勢に従軍し、一万の地侍《じざむらい》がいる播州（播磨《はりま》）へ攻めこんだ。播磨と国境を接する備前《びぜん》は毛利《もうり》の勢力下にある。三万の兵力を動かす毛利勢が押し寄せてくれば、羽柴勢はひとたまりもない。

高虎は秀長に従い、但馬《たじま》征伐に同行し、竹田《たけだ》城（兵庫県朝来《あさご》市）などを占領し、地侍の抵抗を平定して、天正八年（一五八〇）までに但馬八郡をおさえた。

同年正月、播州地侍の頭領、別所長治《べっしょながはる》のたてこもる三木《みき》城（兵庫県三木市）を陥れたとき、大活躍をした高虎は三千石を加増され、三千三百石となった。

高虎は大屋《おおや》（兵庫県養父《やぶ》市）の豪族、栃尾《とちお》氏の協力を得るうち、名門として知られる地元の一色修理大夫《いっしきしゅりのだいぶ》の娘・久と結婚した。高虎は故郷にいる両親を呼び寄せ、大屋の屋敷に住まわせることにした。

一色氏は室町幕府四職《ししき》をつとめた家系であった。一族には、のちに家康側近として重用される以心《いしん》（金地院《こんちいん》）崇伝《すうでん》がいた。高虎を家康に接近させるためにはたらく人物である。

天正十年（一五八二）、六月二日、本能寺《ほんのうじ》の変がおこり、高虎の運気は大きくひらけてきた。

秀吉は信長を弑殺《しいさつ》した明智光秀《あけちみつひで》を倒し、織田宿老《しゅくろう》筆頭の柴田勝家《しばたかついえ》と天正十一年（一五八三）四月、賤ケ岳《しずがたけ》で戦い、倒して政権の後継者となった。

このとき高虎は秀吉から千石、秀長から三百石の加増をうけ、四千六百石の身代《しんだい》となった。高虎にとっては望外の出世であったが、それはまだ出世の階段に足をかけたばかりであった。

天正十三年（一五八五）、秀吉は十三万の大兵力を動かし、和泉《いずみ》から紀伊根来《きいねごろ》を征伐し、紀の川《きのかわ》河口の雑賀荘《さいかのしょう》をも席捲《せっけん》し、根来衆、雑賀衆の二大鉄砲衆を撃滅した。

秀吉はさらに同年中に四国を攻め、長宗我部元親《ちょうそかべもとちか》を降伏させた。

秀長はこのあと、和泉、紀伊、大和《やまと》三か国百万石の太守《たいしゅ》となり、大和郡山城《こおりやま》（奈良県大和郡山市）を居城とした。

秀長は羽柴政権の運営の中枢に参画した。公儀のことは秀長、内々《ないない》の儀は利休《りきゅう》といわれるようになったのは、この頃からである。内々の儀とは政権内部の諸問題の裁決のことで、茶頭《さどう》をつとめる千利休《せんのりきゅう》は秀吉に重んじられていたのである。

高虎は秀長の重臣となっていた。彼は熊野《くまの》の材木伐採、運送を司る山奉行となり、赤木城《あかぎ》（三重県《みえ》熊野市）を築き、地元一揆《いっき》勢の蜂起にそなえた。

城址の石垣は、近江坂本《さかもと》の穴太《あのう》石工職人の手によるものと推定されている。

天正十五年（一五八七）、秀吉の九州征伐に従軍し凱旋《がいせん》。戦功により紀伊国粉河《こかわ》（和歌山県紀の川市）二万石の大名となった。また朝廷から従五位下佐渡守《じゅごいのげさどのかみ》に叙任された。

高虎は秀吉の紀州攻めの際に焼失した粉河寺を再建し、さらにその南側の丘陵に粉河城を築いた。

高虎が秀長の股肱の臣としての立場を確立したのは、天正十五年、秀長の養子仙丸《せんまる》を、養子としてもらいうけたのちである。

仙丸は天正七年（一五七九）六月生まれであった。父は当時近江佐和山城主であった丹羽長秀で、母は朝倉《あさくら》氏の旧臣杉若越後守《すぎわかえちごのかみ》の娘である。

天正十年、本能寺の変のあと、秀吉は織田政権の後継者となるため、柴田勝家と戦わねばならなくなった。彼は織田の重臣丹羽長秀を味方にひきいれるため、仙丸を弟秀長の養子に迎えた。天正十年秋、仙丸が四歳のときである。

その後仙丸は成長して高吉《たかよし》と称し、大和郡山城にいたが、秀長の後継者が秀吉の甥秀保《おいひでやす》ときまった。

高虎は子がなかったので秀長に高吉をわが養子にもらいうけたいと申し出た。

天正十五年、九歳の高吉は高虎の養子となり、粉河城に移った。

天正十九年（一五九一）、秀長が病没し、そのあとを追うように千利休が秀吉の下命《かめい》により、切腹した。

秀長の没後、秀保があとを継いだ。文禄《ぶんろく》元年（一五九二）四月、高虎は十四歳の秀保の名代《みょうだい》として、大和豊臣《とよとみ》家の軍団を率い朝鮮へ出陣した。高虎は熊野の山奉行として在任するあいだに、熊野水軍と緊密な関係をもつようになっていたので、「唐入《から》り」の作戦では軍勢、資材の運送にあたった。

養子高吉は朝鮮の陣で奮闘し、「小《こ》藤堂」と呼ばれ武名をあげた。文禄二年(一五九三)、激戦であった晋州《チンジュ》城攻めで手柄をたて、慶長《けいちょう》二年(一五九七)の南原《ナムウォン》城攻めのときも、全軍に聞えるほどの奮闘をした。大和豊臣家は約一万五千の兵を出動させていた。

このとき高虎は朝鮮において、おびただしい城郭を築いた。それらは「倭城《わじょう》」と呼ばれ、石垣などの遺構はいまも各地に残っている。

現地のいなかではまだ重機を用いる開発のおこなわれていないところが多く、石垣をごくわずかに取りこぼち、こまかく砕いて道路に撒《ま》くぐらいであるため、旧態を保っているのである。山の尾根に延々とのびている石垣は、朝鮮の石垣とは積みかたがまったくちがう。

大和豊臣家の軍勢は文禄二年秋に帰国した。

秀保は文禄四年(一五九五)、病にとりつかれた。神経を病んだという説がある。大和十津川《とつかわ》へ入り、ほうぼう祈禱《きとう》をするうち、四月某日、川に溺《おぼ》れて死んだ。小姓《こしょう》にからみつかれ、ともに溺死《できし》したといわれている。

高虎は秀保の没後、大和豊臣家が断絶されたので、高野山《こうやさん》に登り、高室院《たかむろいん》という寺に入り出家することにした。

秀吉はこれを聞いて高虎を還俗《げんぞく》させ、大名として仕えさせることにした。高虎は伊予板島《いよいたじま》七万石を与えられた。

その後ふたたび朝鮮へ伊予水軍を率い出兵し、戦功をたて伊予大洲《おおず》一万石を加増され、八万石となった。

二

秀吉が慶長三年（一五九八）に没したのち、高虎は家康に接近した。高虎は気のあう相手でなければ協力しない。豊臣家の奉行石田三成《いしだみつなり》らとは、疎遠な間柄であった。

高虎は慶長五年（一六〇〇）の関ケ原《せきがはら》合戦のとき、家康の謀将として西軍諸大名に裏切りをすすめ、その成果が東軍を大勝へ導いた。

戦後、伊予今治《いまばり》二十万石の大名となった高虎は、居城今治城の建設をおこなった。

今治城は港にのぞむ低地を埋めたてた敷地に建てられている。

高虎は城郭の土台をかためるため、松杭を打ちこんでから松の大木を敷きならべ、そのうえに盛土をして石垣を築いた。松は水中でも千年は保《も》つといわれる。

また、江戸《えど》城の石垣などは、加藤清正《かとうきよまさ》が松筏《まついかだ》を敷きならべたうえに、築いたものである。

石垣と堀とのあいだに幅広い犬走り《いぬばしり》と呼ぶ平坦地《へいたんち》をつくった。これも、地盤の強化に役立つためであった。そして天守閣は桝《ます》をかさねたように、簡単な形状にした。

今治城は港に直結する位置にあり、海上の監視に活用された。

高虎はこののち板島城（宇和島《うわじま》城）、近江膳所《ぜぜ》城（滋賀県大津市）、山城《やましろ》国伏見《ふしみ》城などの修築をおこない、慶長十一年（一六〇六）には、江戸城天守閣築造、二の丸、三の丸増築の設計を命ぜられた。

関ケ原合戦で家康は西軍大名の所領六百八十万石を奪ったが、大坂《おおさか》城の豊臣秀頼《ひでより》はなお怖《おそ》るべき存在であった。六十五万石の大名になりさがったといわれるが、大坂は全国物資の集散地で、大坂商人の財力は江戸のそれとはかけはなれていた。

秀頼の懐には、商人への貸付金の利息が、なだれこんでくる。大坂より西には、秀吉恩顧の外様《とざま》大名が蟠踞《ばんきょ》しており、家康は大坂城を包囲する城郭を各地につくらねば、おちついていられなかった。

高虎は安土築城に参加してのち、秀長のもとでさらに経験をかさね、本来の才能を発揮して、他に比べるもののない築城名人となっていた。

彼は故郷近江の石垣構築の専門家である穴太衆を用いていた。

大工は大和法隆寺《ほうりゅうじ》大工の集団が、大和伽藍《がらん》築造の実績ではぬきんでており、そのなかで名人といわれた中井正清《なかいまさきよ》が、高虎のもとではたらいていた。彼は慶長十一年に従五位下大和守に叙任され、江戸城や名古屋城の天守、京都方広寺《ほうこうじ》大仏殿造営の大工事を経験していた。正清は五畿内、近江六か国の大工、大鋸《おが》支配を家康から下命され、法隆寺大工の集団は、当時の建築技術の最高峰といえる実力をそなえていた。

彼らのあとを継いで、近江国坂田《さかた》郡小堀《こぼり》村（滋賀県長浜市）の小堀遠州《えんしゅう》、高虎と同郷である近江甲良荘から出た大工甲良宗広《むねひろ》が活躍するようになる。

慶長十三年（一六〇八）六月、伊賀《いが》国上野《うえの》城主・筒井《つつい》伊賀守定次《さだつぐ》が改易され、

所領二十万石を没収された。定次は関ケ原合戦では東軍に属し、大功をたてたが、別段の加増もなかった。

筒井氏は、定次の養父順慶《じゅんけい》の代から、内福《ないふく》で数十万両をたくわえていると世間の評判があった。定次は大坂城下順慶町の屋敷に住み、数万両を遊興に散じたが、金銀に窮することがなかった。彼は性病をわずらっており、どんな薬を用いても効果がないといわれた重症であった。

定次の留守中に家老たちがあい争い、戦《いくさ》がおこりかねない事態になったが、中坊秀祐《なかのぼうひですけ》という家老が、その事情を駿府《すんぷ》の家康のもとへ訴え出たので、たちまち定次は改易処分となった。

定次の旧領は、今治から高虎を転封させて、支配させることになった。その所領は、伊賀と伊勢安濃津《いせあのつ》（三重県津《つ》市）をあわせた二十二万石余である。

伊賀は山城、大和、近江、伊勢に囲まれた要地であった。

定次が改易されたのとおなじ六月、丹波八上《たんばやかみ》（兵庫県丹波篠山《ささやま》市）五万石の城主、前田茂勝《まえだしげかつ》が発狂し、改易された。彼は織田、豊臣政権で京都所司代《きょうとしょしだい》、五奉行をつとめた前田玄以《げんい》の子である。

茂勝は性病に脳を侵され、自分の行状を家老たちが家康に通報したと妄想して、伏見屋敷で家老一人を手討ちにした。そのあとただちに八上城へ戻り、家老二人を切腹させ、小姓と草履《ぞうり》とりを連れ、江戸へむかおうとした。途中、近江水口宿《みなくち》（滋賀県甲賀市《こうか》）で、二人の従者を刺殺し騎馬で立ち去ろうとしたので、とりおさえられた。茂勝にかわって八上城主となったのは、常陸笠間《ひたちかさま》（茨城県笠間市《いばらき》）三万石の領主であった、松平康重《まつだいらやすしげ》である。康重は三河譜代《みかわふだい》の家康《いえやす》の家臣であった。家康は八上城を破却し、篠山盆地の中央に、巨大な篠山城を築かせた。

築城は公儀普請として、十三か国の大名が建設にあたり、高虎が総指揮をとった。彼が得意とする石垣は、半年後に完成したといわれる。

さらに慶長十四年（一六〇九）、淡路洲本《あわじすもと》城主脇坂安治《わきざかやすはる》が、伊予大津《おおつ》（大洲）城主として移封され、そのあとに高虎が代官を置き、洲本城本丸の建築は伊予大津に移築されたといわれている。脇坂安治は関ケ原合戦のとき、西軍に加わり布陣していたが、高虎に誘われ東軍に寝返った。

だが、安治は賤ケ岳七本槍の功名以来、豊臣秀吉の幕下ではたらいてきた豊臣恩顧の外様大名であるので、家康は紀淡《きたん》海峡をおさえる要地洲本を彼に与えるのを好まなかったのである。

家康は大坂城を中心とする豊臣方の勢力を抑える必要に迫られていた。慶長十二年（一六〇七）三月に、家康の四男で尾張清洲《おわりきよす》六十二万石の城主松平忠吉《ただよし》が二十八歳で亡くなり、閏《うるう》四月には次男の越前福井《えちぜんふくい》六十七万石の城主松平（結城《ゆうき》）秀《ひで》康《やす》が三十四歳で急逝したので、家康は二人の子息を失った空隙《くうげき》を埋めねばならなかった。

高虎は、本多正信《ほんだまさのぶ》、正純《まさずみ》父子とならんで、家康側近の謀将となった。

慶長十六年（一六一一）、高虎は居城の津城の修築にとりかかった。津には、天正八年に織田信長の弟信包《のぶかね》が築いた安濃津城があるが、狭小であり、繁華な商業港をひかえた城下町の形成を、本格的におこなわねばならない。

織田信包は、天正十八年（一五九〇）、小田原《おだわら》攻めに従軍したが、北条《ほうじょう》氏の助命を秀吉に申したて、機嫌を損じ、文禄三年（一五九四）に安濃津を没収された。

その後任となったのが、富田一白《とみたいっぱく》であった。一白は秀吉の奉行として活躍し、文禄《ぶんろく》の役《えき》でも朝鮮へ渡海し戦功をたてたが、慶長四年（一五九九）に亡くなった。

安濃津は、博多《はかた》、坊津《ぼうのつ》（鹿児島県南さつま市）とともに、日本の三大貿易港として中世から繁栄してきた。中国商船も渡海してくる。

高虎は、織田、富田が居城とした津城修築に際し、北方から攻め寄せてくる敵に対応することを主眼として、図面をこしらえた。

織田信包は、安濃津が砂地で地盤がわるく、明応《めいおう》七年（一四九八）の大地震で町屋が潰滅した先例があるので、すこし北に離れた岩田《いわた》というところに築城していた。

当時津城には五層の天守があり、金箔瓦《きんぱくがわら》が葺《ふ》かれていて、海上の船舶からそのかがやきが見えたという。

だが関ケ原合戦のとき、一白の子・富田信高《のぶたか》が東軍に加わったので、西軍の毛利秀元《ひでもと》、吉川広家《きっかわひろいえ》、鍋島勝茂《なべしまかつしげ》、長宗我部盛親《もりちか》ら三万余の軍勢に攻められ落城し、天守は焼けうせた。一白はその後、三層の天守を再建した。

高虎は北方から攻めてくる敵に対応できるよう、この城郭をつくりかえた。

海に向かっている城を、北向きにしたのである。

本丸を東と北にひろげ、高石垣を延長し、北側石垣の両端に三重櫓《やぐら》をつくり、本丸のまわりを櫓と多聞《たもん》櫓で固めた。

出口には櫓を上に載せた鉄門《くろがねもん》を置いた。入り口は鉤《かぎ》の手に曲っていて、敵の侵入を許さない構造になっていた。

さらに広い内堀を本丸の周囲にめぐらし、内堀のなかに東の丸と西の丸を、内堀の外郭（二の丸）には、役所、蔵屋敷、侍屋敷を置いた。

城下町は、海岸に沿っていた参宮街道を城下にひきいれ、津城東側外堀に沿って進み、岩田川を渡って伊予町へ向かわせるようにした。

また、城下町の表通りはできるだけまっすぐに通し、行きどまりのないよう整備した。

伊賀上野城の修築も、津城のそれと同時におこなわれていた。

高石垣は当時全国最大で、約三十メートル。ほかの城の石垣の二倍に近い。積石に割石を使った乱積みである。

本丸西側の石垣がもっとも高く、犬走りがなく、堀の水中から築きあげられており、土台強化の技術がさらに進歩した事実をあらわしている。

だがこの二城の築城は慶長二十年（一六一五）五月に大坂夏の陣が終り、豊臣氏は滅亡し、七月に武家諸法度《ぶけしょはっと》が制定されたので、工事が中断され未完成に終った。

高虎は五万石の加増をうけ、二十七万四千石となった。

元和《げんな》二年（一六一六）家康が江戸城で病没すると、高虎は日光東照宮《にっこうとうしょうぐう》の建築に参加した。

翌元和三年（一六一七）には五万石を加増され、三十二万四千石となった。

元和六年（一六二〇）、高虎は大坂城改築に参加した。高虎の築いた大坂城本丸石垣は、高さが約三十三メートルに及び、日本最大の高石垣となった。

高虎は老年に及んでも、幕府から建築技術を高く評価され、元和七年（一六二一）には京都二条城修築、寛永三年（一六二六）には江戸上野東叡山寛永寺《うえのとうえいざんかんえいじ》造営をおこなう。

高虎は晩年に眼病をわずらい失明して、寛永七年（一六三〇）十月五日、江戸柳原《やなぎはら》藩邸で、亡くなった。享年七十五歳であった。

湯灌《ゆかん》の際の記録がある。

「遺骸《いがい》にはすきまのないほどに傷痕がある。銃弾の傷、槍傷《やりきず》などである。右手の薬指と小指は切れて爪がない。左手の中指も少々みじかく、左足の親指も爪がなかった」

三

高虎は日本一の城郭構築の名人といわれた。彼のつくりだした新機軸は、まず層塔型《そうとうがた》天守である。

安土城、秀吉の建てた大坂城などの天守は、城主、奉行らが常住する一層めか二層めに入母屋《いりもや》屋根をそなえ、そのうえに望楼を置いたものであった。

当時天守台を矩形《くけい》につくるのが困難で、一重めの構造が不等辺形になることが多かったので、脆弱《ぜいじゃく》にならざるをえなかった。高虎はこのような望楼型建築を排し、天守を「塔建て」と称し、三重塔、五重塔とおなじ、桝《ます》をいくつか積みかさねたような、単純な構造につくりかえたのである。

このため工期が短くなり費用もかからず、頑丈な天守をつくることができるようになった。

高虎は石垣普請にも独特の才腕を発揮した。加藤清正は「扇の勾配」と呼ばれる美麗な反りのある石垣をつくったが、高さは二十メートルまでに限っていた。彼は堀の広さにもこだわった。とくに津城の内堀は幅が百メートルにおよぶ大規模なものであった。

高石垣とその外にめぐらす広い堀は、城を攻められたとき、敵の銃砲撃に耐えるために必要であった。高虎は小田原攻めののち、唐入りや関ケ原合戦において、大砲の威力がしだいに増してきたことを重視していたのである。

また高虎はほぼ正方形の城郭を設けることが多かった。そうすることで城を攻撃されたときの持久力が格段に増してくる。

津城では三層の隅櫓を本丸の北東、北西の隅に置き、それらを多聞櫓でむすぶことにより、さらに厳重な防御態勢をととのえることができた。

高虎は城下町の経営にも充分に配慮をした。惣構《そうがま》えという土居《どい》を町の外につらね、外敵の侵入にそなえ、河川、海からの交通を便利にするため、船入《ふないり》という船舶の出入口になる堀をつくった。

高虎が築城の際、石工、大工の棟梁《とうりょう》たちに命じ、指図（設計図）をつくらせる。

城郭平面図、立面図に詳細な構造、寸法が書きこまれる。雛形《ひながた》という模型をつくることもある。

ついで必要とする石材、木材、漆喰《しっくい》などの資材の総量算出、職人、人足の支払う金銭の予算をまとめねばならない。

そのうえで、資材購入にとりかかり、すべての準備をととのえたのち、普請にとりかかる。石垣を積むには細心の注意が必要である。弱い地盤には松の大木を敷きつめた上に石を積んでゆく。

石垣を高く積んでゆくと、雨が降ったとき土圧が高まり、石がせり出してきて崩壊する事故がおきるので、直径一尺ほどの丸石を裏込《うらごめ》に使わねばならない。

城郭建設に用いる材木は、山から伐採したものをただちに使うわけにはゆかない。半年から一年ほどは日光にさらし、水分をとり去らねば、かならず歪《ゆが》みが出てくる。

そのため、完成を急ぐときには、古城、寺院などの建物を打ちこわし、築城作事に用いることになった。

重い資材を運ぶのはすべて人力であった。運搬に従事する人足を元気づけるのは音頭であった。

愛媛県今治市には、石垣運送のときにうたった音頭が、祝儀唄としていまも残っているという。

積んで行こうか　お城の石をエー
船は千石　今治さして
帰りは満載
米の山　ヨイヤーナー

今治城築城のとき、石船で石材を運んだ船主たちは、充分な対価をもらい、満足していたことがわかる歌詞である。

また、今治では現在も盆踊りで「木山《きやま》音頭」がうたわれている。今治城築城のさいうたわれたもので、藤堂家重臣の木山六之丞《ろくのじょう》が音頭のなかに名を残している。

サノエンエノエー、ヤーットヤ

木山踊りと申するものは
手拍子　足拍子　太鼓の拍子
サノエンエノエー、ヤーットヤ
伊予の今治　美須賀《みすか》の城（今治城）を
築き上げたる　その名も高い
サノエンエノエー、ヤーットヤ
普請奉行に　木山と言うて
色は黒いが　智恵者がござる
木山六之丞は　なぜ色が黒い
笠がこまい（小さい）か、横日が差すか
笠がこまない　横日も差さぬ
色の黒いのは　コリャ　生まれつき
城の要害も　堅固でござる
東側には　あの燧灘《ひうちなだ》　（下略）

高虎は豊臣秀長の宿老であった頃から家康の信頼があつく、本多正信ら譜代衆とともに、幕政に参与してきた。彼は戦場において鬼神のはたらきをあらわし、政事において的確な舵《かじ》取りをした。

さらに、彼の築城能力は、天下に比を見ない最高の成果をあらわしたのである。

絵師の
プライドを懸け
強敵・狩野派に立ち向かう

長谷川等伯

一

長谷川等伯《はせがわとうはく》は天文《てんぶん》八年（一五三九）能登七尾《のとななお》で生まれた。能登半島内浦《うちうら》海岸に面した、守護畠山《はたけやま》氏の城下町七尾は、朝鮮との貿易港として繁栄していた。

七尾城は、七尾湾を見下ろす七つの尾根にまたがる天険の地に築かれた、山城であった。

城下町は海沿いに発達し、商家がほとんど一里（約四キロメートル）にわたり、つづいていた。朝鮮《ちょうせん》の物産の売買をする店が、軒をつらねていた。

当時、能登は法華宗門徒《ほっけしゅうもんと》が多く、等伯の生家の奥村《おくむら》家、養家の長谷川家も、ともに法華宗門徒であった。

等伯が信春《のぶはる》と称していた永禄《えいろく》七年（一五六四）二十六歳のときに描いた『十二天像』が、石川県羽咋《はくい》市正覚院《しょうがくいん》に所蔵されている。十二天は、密教でとりおこなわれる儀式の際、各方位を守る神々である。

当時、等伯の技量はすでに完成していたといわれる。長谷川家は染物屋であったといわれるが、等伯は家業のかたわら絵を学び、一流の域に達したのである。

この頃から等伯は多くの作品をあらわすようになる。『弁財天十五童子像《べんざいてんじゅうごどうじ》』『釈迦多宝如来像《しゃかたほうにょらい》』『鬼子母神十羅刹女像《きしもじんじゅうらせつにょ》』『十三番神図《じゅうさんばんじん》』『日蓮聖人像《にちれんしょうにん》』などである。

等伯が七尾で仏画の制作にうちこんでいた永禄八年（一五六五）、京都《きょうと》では室《むろ》町《まち》幕府の実権を手中にしていた三好《みよし》氏のもとで（十三代将軍足利義輝《あしかがよしてる》説もある）、狩野永徳《かのうえいとく》が、『洛中洛外図屏風《らくちゅうらくがいずびょうぶ》』を描いた。

等伯の仏画はさまざまの色彩をあざやかに駆使し、繊細をきわめた細部の装飾、描きこみが特徴である。染物屋として着物地に絵を描くことから発展し、仏画を描くようになった等伯の華麗な手法は、この頃に定着したのである。

等伯は七尾で絵仏師としての安定した生活を続けておれば、その後の発展は見られなかったであろうが、彼は元亀《げんき》二年（一五七一）三十三歳の頃、彼は、妻と久蔵《きゅうぞう》という四歳ほどの長男を連れ、上洛《じょうらく》した。

養父母があいついで亡くなったので移住したというが、京都で絵師として生きてゆくためには、生活の方針が立っていなければならない。

等伯の生家の菩提寺《ぼだいじ》である七尾の本延寺《ほんねんじ》は、京都法華宗十六本山の一つであった本法寺《ほんぽうじ》の末寺である。等伯は本法寺の第八世住持日堯上人《じゅうじにちぎょうしょうにん》と頻繁に連絡をとりあい、上洛後の生計について、上人の庇護《ひご》をうけていたものと見られている。日堯は元亀三年（一五七二）に三十歳で病没した。日堯の遺像を制作したのは等伯であった。一周忌法要に使われたものであろうが、この作品は仏画における第一級の技術をあらわしたものであるといわれ、精細をきわめた筆跡と、鮮麗な色どりが傑出している。

元亀二年九月に、織田信長《おだのぶなが》が延暦寺《えんりゃくじ》を焼討した。翌三年には本願寺《ほんがんじ》第十一世顕《けん》如光佐《にょこうさ》が武田信玄《たけだしんげん》と手をむすび、信長を威迫した。十二月には家康が信玄と三方《みかた》ケ原《がはら》で戦い、一敗地にまみれた。天下一統に至る政治、軍事面の大変動があいついでおこった時代である。

それまで日本の画壇は、狩野派をひらいた狩野正信《まさのぶ》が室町幕府の御用絵師に準ずる者として勢力をひろげ、子の元信《もとのぶ》が一門を率い活躍をかさねていた。

狩野正信は、土佐光信《とさみつのぶ》を中興《ちゅうこう》の祖とする土佐派の弟子として、画業を学んだ。光信は文明《ぶんめい》元年（一四六九）、朝廷の絵所預《えどころあずかり》を命ぜられたとき、右近将監《うこんしょうげん》という官職をもっており、晩年には従四位下《じゅしいのげ》に昇進していた。絵所には絵所預と呼ばれる荘園があり、年間一定の報酬を得ていた。

光信は天皇の命によって、御影《みえい》をはじめ、宮中を飾る仏画、肖像画を多くつくった。彼は倭絵《やまとえ》を中心として朝廷の仕事をおこなったが、弟子の狩野正信は、漢画をもっぱらつくった。

正信がもっともはなやかな創作活動をおこなったのは、文明十五年（一四八三）に八代将軍足利義政《あしかがよしまさ》の東山《ひがしやま》山荘（のちの銀閣寺）の障子絵、襖絵《ふすまえ》を描いた時期である。当代文化の中心といわれる山荘を飾る絵を描くのは、絵師として最高の栄誉であった。

京都では、この土佐・狩野派に属する絵師、大寺院に雇われている絵師のほかに、絵屋《えや》と呼ばれる町絵師もいた。

絵屋は扇子絵《せんすえ》、屏風絵《びょうぶ》、冊子絵を描いて生計を立てていた。町衆《まちしゅう》のあいだに絵画を求める者が多く、絵屋は多くの需要にこたえ、あらわれたのである。七尾から上洛した等伯も、生計の方途を立てるために、絵屋の仕事をした時期があったことだろう。

等伯は、日堯上人像を制作したのち、十六年間、空白の時期を過ごした。三十五歳から五十歳まで彼の代表的な作品は発表されていない。

等伯は無為に過ごすことのできない壮年期を、狩野派の画法習得にはげんだと推測されている。和漢両様の画法、金碧《きんぺき》画法を学び、作画の範囲をひろげたというのである。

狩野派での修業期間は、長期にわたるものではなかったが、熟練した絵師である等伯が、あらたな技法を身につけるのに、長い年月は必要ではなかった。

また、等伯は堺《さかい》の商人と交流しており、一時期同地に住んでいたのではないかとも推測されている。等伯が頼っていた本法寺の第十世日通《にっつう》上人は、堺の大商人油屋の出身で、等伯の絵画についての意見をまとめた『等伯画説』を著述した。

そこには、等伯と堺の茶人たちとの親交の様子が描かれている。

堺の納屋衆《なやしゅう》と呼ばれる豪商たちは、茶人である。等伯は彼らが茶会で鑑賞した牧谿《もっけい》、玉澗《ぎょくかん》、夏珪《かけい》などの、中国南宋《なんそう》期の名画を実際に見て画風を練ることが、多かったのではないか。

晩年に至るまでの等伯の画風は、ひらすら冷静、虚無のかげりをふくんでいるものであった。これは茶人の風流に通じている。

『等伯画説』は、九十七条からなりたっている。等伯は、牧谿をはじめ、中国南宋期の水墨画家について、きわめて含蓄が深かった。

牧谿のことは特に高く評価をしている。彼の筆遣いは、玉を盤のうえで回すような自由なはたらきであるという。

茶人のあいだでは、静かな絵が好まれることも語っている。中国の梁楷《りょうかい》が描いた『雪中柳に鳥図』を、堺の茶人宗恵《そうけい》が見て、「ああ静かなる絵なり」と褒めたという。

『等伯画説』に記されている話題は、天正《てんしょう》十年代（一五八二〜九一）のものである。その頃の等伯は、京都三条《さんじょう》に住み、門弟を多く抱え、にぎやかに暮らしている富裕な町衆であった。絵屋の主人として成功していたのである。

二

天正十七年（一五八九）、等伯は彼の生涯にとって記念すべき画業を達成した。大徳寺《だいとくじ》三門楼上の天井に、蟠龍《ばんりゅう》図、昇龍図、降龍図、天人像、迦陵頻伽《かりょうびんが》、柱に仁王《におう》像を描いた。

三門は応仁《おうにん》の乱で焼失したのち、連歌師宗長《そうちょう》が享禄《きょうろく》二年（一五二九）に再建したが、単層であったので、千利休《せんのりきゅう》が私財で二階（金毛閣《きんもうかく》）を増築し、天正十七年十二月に完成した。のちに千利休は、この大徳寺三門楼上に、頭巾《ずきん》をかぶり雪駄《せった》ばきで杖《つえ》をつく自らの木像を置いたのが、貴顕に対し不敬であるとして、石田三成《いしだみつなり》の策謀により、切腹させられたといわれている。

ここでは等伯の七尾時代の繊細、精密な画法は影をひそめ、豪放な筆致と濃厚な色彩で、見る者をおどろかした。

同年、等伯は大徳寺山内塔頭《たっちゅう》の三玄院《さんげんいん》の襖絵も描いた。きわめて筆数をへらし筆力のつよい筆遣いでまとめた等伯は、この二作で有名絵師として天下に名を知られることになった。

京都で織田信長が軍事政権を立てているあいだは、土佐派が権力に接近していた。

第十五代将軍足利義昭《あしかがよしあき》の二条《にじょう》御所を信長が造営したのは、永禄十二年（一五六九）春であったが、そのすべての装飾画は、土佐光茂《みつしげ》がおこなった。

狩野永徳が信長に用いられるようになったのは、天正元年（一五七三）十一月、信長と戦い降伏した三好義継《みよしよしつぐ》の所有していた、永徳筆の『洛中洛外図屛風』が、織田勢に押収されたのが、機縁となってのことである。

信長は翌年にこの屛風を上杉家《うえすぎ》に贈ったが、そのまえに狩野永徳を召し寄せ、屛風絵を完成させるまでの事情などを詳しく聞き、彼が土佐派と併立する大流派の総帥《そうすい》であることを知った。

信長はただちに永徳に『源氏物語図』を描かせ、『洛中洛外図屛風』とともに上杉家へ贈った。

その後、狩野永徳はひたすら信長のもとで絵師としてはたらき、天正四年（一五七六）に安土《あづち》城が築かれたとき、彩色にたずさわり、家族門人を連れ安土城下に移住した。

信長は安土をおとずれ、しばらく滞在していたイエズス会巡察師ヴァリニャーノが西国へ戻るとき、狩野永徳に安土城と城下町の全景を実物通りに描かせ、金屛風に仕立てて贈った。

その屛風はヴァリニャーノがインドのゴアに運び、さらに日本から派遣された天正遣欧使節により、ヴァティカン宮へ運ばれた。屛風は天正十三年（一五八五）教皇グレゴリウス十三世に献じられ、宮殿内の地図画廊部に納められた。

だが、いまでは屛風の所在は不明になっている。狩野永徳の作品が、等伯にくらべ後世に残っているものがきわめてすくないのは、信長、秀吉《ひでよし》と、わが国の最大権力者と密着していたので、私的な画業にうちこむ時間を多くとれなかったためであろう。

信長の没後、天下統一の事業をうけついだ秀吉は、大坂《おおさか》城、聚楽第《じゅらくだい》などをはじめ、巨大建築をあいついでおこした。

狩野派をあげての作業でも消化しきれない宮殿、寺社の建築装飾にも用いる壁画、襖絵の注文に応じるため、その画法はしだいに変っていった。きわめて豪壮であるが、細部の描きこみのない粗雑な画を生みだすようになったのである。それまでの自然の表現からしだいにはなれた装飾、印象を重視する、デザイン効果が目立つようになってきた。

等伯が大徳寺三門楼上に描いた絵は、画風において美しさよりも動きの豊かさを強調するようになっていた。

彼は先達のすぐれた諸作品から多くの技法をとりいれ、山水、人物の描写に独得の境地をあらわしてゆく。従来の繊細な背景の描きこみを省略し、陰影の使いかたによって等伯でなければ表現できない立体的な味わいを出す。人物の性格を感じさせるその描写は、他の追随を許さないものとなった。

　等伯は、三十余歳で上洛したいなか者である。あり余る才能は都の絵師としてはたらくうち、光彩を発揮してきたが、土佐、狩野の両派が築きあげた名利の世界に近づくことは、できなかった。

　頭をもたげる機会がめぐってきても、大勢力が手を組みあって蹴落しにくる。才能ある絵師が出現すれば、彼らの利益が減るためである。

　天正十八年（一五九〇）八月、等伯は豊臣《とよとみ》政権の奉行をつとめる前田玄以《まえだげんい》に接近し、御所対屋《たいのや》の彩色をするよう命じられるに至ったが、狩野永徳一門の猛反対をうけて、下命《かめい》は撤回された。

　だが玄以は等伯の画業を秀吉に紹介し、秀吉は天正十九年（一五九一）八月五日に亡くなったわが子鶴松《つるまつ》の菩提寺、祥雲寺《しょううんじ》の壁画を描く仕事を等伯に与えた。祥雲寺は前田玄以が奉行として作事《さくじ》をすすめ、鶴松の三回忌以前、文禄《ぶんろく》元年

(一五九二)中に完成していた。等伯の描く壁画はそれまでにできあがっていたことになる。

祥雲寺の開山《かいさん》は、妙心寺《みょうしんじ》住職を四度つとめた南化玄興《なんかげんこう》という名僧であった。南化和尚は前田玄以と親交があり、等伯の才能を認めていた。等伯は二人の強力な後援者を得て、はじめて絵師としての活躍の場を得たのである。

等伯の台頭《たいとう》をはばんでいた狩野永徳が亡くなっていたことも、彼にとっては幸運であったといえる。

祥雲寺は徳川《とくがわ》期に廃された。跡地には新義真言宗智積院《しんぎしんごんしゅうちしゃくいん》が建てられ、等伯の描いた障壁画はそこに移された。地を金箔《きんぱく》で張り、極彩色で作画された巨大な金碧画は、きわめて豪華な作品として残されている。

そのうち、もっとも有名な『楓図《かえで》』は、等伯が力量のすべてを傾けて描いたものであった。実際にはありえないほど巨木の楓の幹が描かれ、色づいた葉を飾った太枝が画面の外まで伸びている。

楓のうしろには紺色の水面がうねり、前面には鶏頭、白菊、白萩《しらはぎ》などが咲き乱れている。遠近を重視せず、自然を描きながら、自然に即していない倭絵独得の伝統技法を充分にあらわしている。

等伯は金碧画によって、狩野派を凌《しの》ぐ力量をあらわさねばならない必要に迫られ、華麗な作品をつくりだしたのであるが、堺の茶人たちとの交流から得た水墨画の枯淡《こたん》な味わいを、内心では好んでいた。

天正二十年（一五九二）四月十七日付で休庵という人物が清水寺《きよみずでら》に奉納した大絵馬を、等伯の子息久蔵が描いた。縦がおよそ二メートル、横が二メートル七十五センチの巨大なもので、兄曾我十郎《そがじゅうろう》が危地に陥っているのを救おうと駆けつけようとする弟五郎《ごろう》の鎧《よろい》の草摺《くさずり》を、大力無双と知られた朝比奈義秀《あさひなよしひで》がつかんでひきとめている絵柄である。

この絵馬は長谷川派の名声を高めることになった。人目につきやすい場所に久蔵の作品を置くのは、等伯が宣伝効果を狙ったものであったろう。

久蔵は父等伯をしのぐ大家になる筆遣いを残したが、祥雲寺の壁画のうち『桜図』ほか幾つかの作品を描いただけで、文禄二年（一五九三）六月十五日に急死した。一説に、朝鮮渡海の拠点となった九州名護屋《なごや》城（佐賀県唐津《からつ》市）で亡くなったとされる。秀吉の座所山里丸《やまざとまる》の壁画執筆を終えての疲労が、病を呼んだのであろう。

慶長《けいちょう》三年（一五九八）、等伯は六十歳となった。同年三月に秀吉は醍醐寺《だいごじ》で花見をおこない、それに先んじて同寺金堂再建、寝殿、庭園の普請、作事を命じた。等伯は門人に三宝院《さんぽういん》堂舎の障壁画を描かせた。

この絵からは、智積院のそれのような迫力が見られない。久蔵の死が、等伯の心に暗い影を落していたと思われる。

この年、日通上人の母・妙法尼《みょうほうに》の寿像を描き、翌慶長四年（一五九九）四月、等伯は本法寺に『仏涅槃図《ぶつねはんず》』を制作、寄進した。縦がおよそ八メートル、横が約五メートル二十センチという巨大な作品である。

図の裏には日通の自筆で釈迦如来《しゃかにょらい》、日蓮《にちれん》、日高《にちこう》らの祖師、本法寺開山日新《にっしん》ら歴代住職の名が記され、その下段に日通の父母、さらに最下段に亡くなった等伯一族の名がつらなっている。

三

等伯は、後事を託すに足る才能をあらわしていた子息久蔵が急逝したのち、金碧画から遠ざかり、水墨画の執筆に専念するようになった。

等伯は天正十七年、大徳寺三門楼上の天井画制作にたずさわったとき、寺内にあった牧谿の、観音《かんのん》・猿猴《えんこう》・竹鶴《ちくかく》図の三幅対からなる『観音猿鶴《えんかく》図』を見て、心をうたれた。

そこには金碧画では表現できない、深沈とした心象をあらわす世界があった。墨色のふしぎな濃淡によって、光彩、風音、湿気、それを描いた絵師の心の陰影があざやかに読みとれたためであった。

当時、水墨画は世上でもてはやされず、金碧画で多彩な才能をあらわさなければ、狩野派に対抗できない。そのため、等伯は水墨画の手法を懸命に学びとろうとしつつ、それを主力としないまま歳月を過ごしていた。等伯は五十代から六十代にかけて『竹鶴図屛風』『竹林猿猴図屛風』『枯木《こぼく》猿猴図』などの水墨画を制作した。『竹鶴図屏風』は牧谿の『観音猿鶴図』三幅対のうちの『竹鶴図』をもとに、雄鶴が巣ごもりをしている雌鶴に近づいてゆく姿を描いたもので、『竹林猿猴図屏風』は、三幅対のうちの『猿猴図』をもとに描いたものである。

それは牧谿の墨の濃淡によってあらわす、微妙な雰囲気の変化をとりいれ、わがものとするための試作であった。金碧画のような殿閣の装飾にとどまることなく、作者の内心が無言歌のように伝わってくる水墨画の魅力に、等伯はとりつかれた。

慶長四年、六十一歳の等伯は、妙心寺隣華《りんか》院方丈《いんほうじょう》に、水墨山水図を客殿の襖二十面に描いた。隣華院は、等伯の恩人である南化玄興の隠居寺である。

北は冬景色、東は春夏の景色、西は夏から秋にかけての景色をあらわしている。

山水を描くためには、画の七割までを心中で仕上げねばならないという説がある。実際に筆をとるときは、残りの三割を描き足すのである。

樹木の動きを静かに眺めていると、枝葉の動きが、風に吹かれるままになびいているのではないと、分かることがある。あちこちでちいさな部分がさまざまな揺れかたをする。

その動きは、人が語りあっている様子と似通っている。

等伯の内部には辛《つら》い過去の記憶が積みかさなっている。天下第一の画才を世に知られていても、足利、織田、豊臣、徳川《とくがわ》の権門と密着していた狩野派に、常に遅れをとっていた。

前田玄以が慶長七年（一六〇二）に亡くなってのち、狩野派が徳川家御用絵師となり、等伯はふたたび後楯《うしろだて》を失った。

長谷川派をさらに発展させる期待を抱かせてくれた長男久蔵も早逝した。等伯にはほかに三人の男子がいた。宗宅《そうたく》、宗也《そうや》、左近《さこん》である。三人はそれぞれ相当な力量があったが、等伯にとっては寂寞《せきばく》の思いが深かった。

等伯の生涯のうちで、代表作といえば、五十代後半に描かれたと推測される『松林図《しょうりん》』である。『松林図』がいつ描かれたか、来歴はまったく不明とされている。松があちこちに生えていて、霧がふかいので形のうすらいだ木と、輪郭部がはっきりと浮き出ている木があるため、見る者は松林のなかに佇《たたず》んでいるようなふしぎな感覚にとらわれる。

六曲一双の屏風絵であるが、本来はさらに大きな襖か障壁画の草稿であったのではなかろうかと推測されている。

障壁画は丈夫な鳥の子紙を用いるのが通常であるが、ごく薄い紙が用いられており、「長谷川」「等伯」の二印が画面の両端にあるが、これも等伯の使用していた印ではないという。結局草稿であるため、屏風につくられることなく、等伯の縁者か知人のもとに長年月にわたり所蔵されてきて、そのうちに誰かが屏風に仕立てたのである。

この屏風が東京国立博物館に入る以前は、福岡孝弟《ふくおかたかちか》の次男秀猪《ひでい》が所有していた。福岡孝弟は土佐藩士であった。坂本龍馬《さかもとりょうま》の親友で、龍馬遭難のとき、近隣に下宿していた。

孝弟は八十五歳まで長命し、元老院議官、参議兼文部卿《もんぶきょう》、枢密院顧問官を歴任、子爵を授けられた。彼は等伯の画を好み、『伝名和長年像《でんなわながとし》』『山水図』などを持っていたという。

『松林図』は消滅することなく四百数十年も保存されてきたのである。墨は黒一色だが、水の加減で濃淡さまざまの描写ができる。

霧か靄《もや》のなかで、早朝か日没に近い淡い陽光に照らされ、影絵のような姿をかさねあわす松の姿は、見る者の心をひき寄せ、無限の感情をひきおこさせる。それは静寂であり、沈思であり、悲哀である。

描きだすものの輪郭をさだめず、一気に描き下ろす、没骨法や発墨、渇筆という技法が用いられている。発墨というのは墨をはね散らす技で、渇筆というのは、乾きかけた筆をこすりつける技であるという。

細竹のささらのようなもの、板などをも用い、すさまじい速さで叩《たた》きつけるように松の姿を描きだす。それは非常な熟練を要する技法であった。一度描きあやまれば、すべてを反古にしなければならない。

絵に接近すると、形がはっきりとしない。筆遣いがきわめて荒々しいためであるが、距離を置いてみれば、鬱然《うつぜん》とした心象世界が喚起されてくるのである。

等伯は水墨画のあらゆる技法の鍛錬をかさねたあげく、すぐれた芸術を生みだした。それが彼の生前には人目に触れることもなかった『松林図』の草稿であった。

その絵には、作者の赤裸々な感情が号泣する声のようにあらわれている。

四

等伯の画業は、還暦を過ぎても衰えを見せなかった。慶長六年（一六〇一）六十三歳のとき、大徳寺塔頭・真珠庵檀那之間《しんじゅあんだんなのま》の西側、北側の襖八面に『商山四皓《しょうざんしこう》図』を、衣鉢之間《いはつのま》南側四面に『蜆子猪頭《けんすちょとう》図』を、十月十日から十九日までの十日間に描きあげたといわれる。

慶長七年五月七日、京都所司代《しょしだい》として権勢をふるった等伯の恩人、前田玄以が病没した。等伯は葬儀に用いるため『前田玄以像』を描きあげ、南化玄興が賛を記した。

慶長九年（一六〇四）六十六歳のとき、等伯は法橋《ほっきょう》の僧位を朝廷から下賜《かし》された。同年四月十日、等伯はその礼を朝廷に進上した。

当時、絵師、医師は仕事の成果を認められると、朝廷から法橋、法眼《ほうげん》、法印《ほういん》という僧位を与えられた。

さらに翌慶長十年（一六〇五）正月、等伯は法眼に昇進した。彼は世俗の人として、本阿弥光悦《ほんあみこうえつ》とともに本法寺の有力な檀家《だんか》となるに至った。富裕な町衆となったが、絵師としての世渡りにはすぐれていたとはいえない。ぬきんでた才能を持つ芸術家に特有の、有力者にへつらわない根性がわざわいしたといわれる。

慶長十二年（一六〇七）、六十九歳の等伯は、京都建仁寺《けんにんじ》塔頭・両足院《りょうそくいん》に伝えられる『竹林七賢図屛風《ちくりんしちけん》』を描いた。

三世紀のなかば、動乱の浮世を逃れ、隠遁《いんとん》の生活を送った七人の賢人を描いたものである。人物像は画面を大きく占め、きわめてつよい筆勢が目をひく。

また、五十代から六十代の作品に浄土宗禅林寺《じょうどしゅうぜんりんじ》（永観堂《えいかんどう》）大方丈中の間に描いた全十二面の襖絵『波濤図《はとう》』がある。海中の巨岩に打ち寄せ渦巻く波濤のみが全面にひろがり、近づいて見れば、怒濤が押し寄せてくるような迫力を感じるといわれる。

幕府医師、曲直瀬道三《まなせどうさん》のしるした『医学天正記』には、等伯が晩年高所から落ち、右手が動かなくなるほどの怪我をしたと書かれている。

重傷のため高熱を発し、意識が混濁してうわごとをいう危篤の状態に陥ったが、回復した。曲直瀬道三は、医師として最高の名声を得ていた人物である。天皇、秀吉、将軍秀忠《ひでただ》の信任をうけている道三の治療を町衆の等伯がうけられたのは、彼の名声が当時一流の域に達していたことを証するものである。

等伯は七十二歳になって、家康に召し出され、慶長十五年（一六一〇）二月に江戸へむかったが、無理が祟《たた》った。

長谷川派を幕府事業にむすびつけるために江戸へゆく途中から病気になり、江戸に着いて二日めの二月二十四日に亡くなった。行年七十二歳であった。遺骨は京都本法寺へ葬られた。

天下第一の絵師の空虚な最期であった。

世界初の
鉄甲船を建造した
水軍大将

九鬼嘉隆

一

九鬼《くき》嘉隆《よしたか》は志摩《しま》国田城《たしろ》（三重県鳥羽《とば》市）城主定隆《さだたか》の次男として生まれた。九鬼氏は九鬼浦（三重県尾鷲《おわせ》市）の海賊大名として古くから声威を知られていた。

嘉隆より七代まえの隆良《たかよし》は、扁舟《へんしゅう》を操って近隣をきり従え、九鬼党と呼ばれる一勢力を築き、志摩国英虞《あご》郡の波切《なきり》を拠点とした。

九鬼氏は祖父泰隆《やすたか》の代に加茂《かも》郡岩倉《いわくら》の田城（三重県鳥羽市）に本城を築いた。

嘉隆は成人してのち波切城主となり、兄浄隆《きよたか》は田城城を相続した。

九鬼氏に制圧され、他郷に逼塞《ひっそく》していた伊勢《いせ》海賊の浦、大差、国府、甲賀、和具、越賀、浜島の七島党が蜂起したのは、浄隆が田城城主になってのちのことである。

浄隆は七島党との戦いで戦死し、嘉隆はその子澄隆《すみたか》を助けたが、澄隆はまもなく病死した。澄隆は病死したのではなく、嘉隆に暗殺されたという説もある。

嘉隆は剽悍《ひょうかん》な海賊である。黒潮の上り潮と下り潮が轟々《ごうごう》と沖を流れる荒海で、軍船を操り、荘園領主の貢米運送船を警固し、種子島《たねがしま》から桑名《くわな》（三重県桑名市）、安濃津《あのつ》（三重県津市）へくる中国貿易船の先導案内をする。

兵庫《ひょうご》、大坂《おおさか》からくる商船の水先案内もつとめる。そのいっぽうで、海賊行為もおこなう。海上の出来事は、陸地とは隔絶していた。九鬼嘉隆は伊勢、熊野《くまの》の海をわがもののようにあばれまわり、しだいに勢力をつよめていったが、伊勢国司北畠具教《きたばたけとものり》に討伐の兵をさしむけられた。

南伊勢五郡の太守《たいしゅ》で村上《むらかみ》源氏の一流である北畠氏に攻められては、嘉隆は対抗できない。彼は田城城を捨て、安濃津に逃げた。のちに信長《のぶなが》の部将滝川一益《たきがわかずます》と知りあい、信長に仕え庇護《ひご》をうけるようになった。永禄《えいろく》十二年（一五六九）、信長の北伊勢攻撃に際し舟手《ふなて》としておおいにはたらいたので、志摩一郡を与えられ、鳥羽《とば》城主となった。

天正《てんしょう》二年（一五七四）七月、信長の三度めの長島《ながしま》攻めのとき、嘉隆は参陣して手柄をたてた。長島（三重県桑名市長島町）は木曾《きそ》川と長良《ながら》川にはさまれた、南北五里、東西三里の中洲《なかす》である。

長島は浄土真宗《じょうどしんしゅう》長島御坊願證寺《ごぼうがんしょうじ》を中心に、寺内町《じないちょう》が土塁をつらね、全土が要塞であった。たてこもる門徒勢は、五万とも六万ともいわれたが、実数はつかめない。

地侍、名主百姓、平百姓、商人、職人など、あらゆる階層の男女が混在している。「ワタリ」と呼ばれる木樵《きこり》、鍛冶《かじ》師ら特殊な技能を持つ流民もいた。鉄砲集団の紀伊雑賀衆《きいさいかしゅう》からも、三百余挺《ちょう》の鉄砲をたずさえた、射撃に熟練した男たちが派遣されてきていた。

信長は長島攻めですでに敗北を喫し、弟信興《のぶおき》と重臣の氏家卜全《うじいえぼくぜん》、林光時《はやしみつとき》を戦死させていた。こんどは絶対に負けるわけにはゆかない。

信長は七万を超える大軍を、七月十三日に長島へさしむけ、海陸から包囲全滅させる作戦をとった。

織田勢は山野を埋め南下して、小木江《こきえ》村（愛知県愛西《あいさい》市森川町《もりかわちょう》）、篠橋《しのばせ》（三重県桑名市長島町小島《こじま》）、前ケ須《まえがす》（愛知県弥富《やとみ》市）、加路戸《かろと》島（三重県桑名郡木曽岬《きそさき》町加路戸）、五明《ごみょう》（愛知県弥富市）の敵塁を、十四日の日没までに焼きはらい、木曾川東岸に突然繁華な都市があらわれたような、篝火《かがりび》で雲を染めた。

七月十五日、盛夏の照りつける陽光のもと、海上に十数艘《そう》の安宅船《あたけぶね》があらわれた。先頭に七曜星の旌旗《せいき》をあげた巨船には九鬼嘉隆が座乗していた。

あとにつづく船には、滝川一益、林秀貞《はやしひでさだ》ら部将が乗り組んでいる。

安宅船は当時の戦艦であった。

船首は箱造りで船体は総櫓《やぐら》造りとして楯板《たていた》で装甲していた。楯板には樟《くすのき》か椋《むく》の堅牢《けんろう》な材質のものを用い、厚みは三寸、船尾も装甲する「押し回り造り」で、至るところに弓、鉄砲を発射する銃眼があり、船の外側には死角がなかった。

船底は切石漆喰《しっくい》を敷きつめ、敷板は二重にしている。安宅船の船団は、嘉隆の乗る船で打ち鳴らす太鼓の音にあわせ、六十挺から八十挺の櫓《ろ》を動かし、一列になって河口に入ってくると、窓をひらき、一船に四、五門ずつそなえている大筒《おおづつ》の砲口をむけた。そのなかには、信長が近江《おうみ》の国友村《くにとも》（滋賀県長浜市《ながはま》）の鉄砲鍛冶に命じて近頃製造させた五百目玉（砲弾重量一・九キロ）筒もあった。

門徒勢は鉄砲をさかんに撃ちかけてきたが、楯板にくいこむばかりである。やがて船団の砲撃がはじまった。

門徒勢の陣中へ、風を切る唸《うな》り声のような擦過音とともに砲弾が撃ちこまれると、櫓の壁が粉砕され、柱が折れ、屋根瓦がなだれ落ちる。門徒たちは恐怖の声をあげ、身を隠す場所を求め、逃げまどった。

空中を飛ぶ砲弾の形がはっきり見えるので、敵はおそろしくてたまらなくなった。重い鉛の塊を、すくない火薬の爆発力で十数町（千数百メートル）も飛ばすので、ゆっくりと弧をえがいて頭上へ降ってくるとき、大気を震動させつつ死神がおとずれてきたように見えるのである。

安宅船には「八幡大菩薩摩利支天尊《はちまんだいぼさつまりしてんそん》」と大書した幟《のぼり》がひるがえっている。伊勢海賊のしるしであった。砲撃を各船三十発ほどおこなうと、船団は太鼓を打ち、沖へしりぞいていった。河口には、北畠氏の養子で伊勢国司である信長の次男・信雄《のぶかつ》が率いる、小早《こはや》と呼ばれる小型の装甲船数百艘があらわれ、海上を完全に封鎖した。

安宅船団の砲撃により、櫓と塀を撃ち崩され、ほうぼうに火災をおこした門徒の川沿いの陣所は、数日のうちに人の気配がなくなってしまった。長島御坊へ逃げこんだのである。

長島は紀伊門徒が廻船《かいせん》で兵糧《ひょうろう》、弾薬の補給をつづけていたが、河口を完全に封鎖されたので、急速に戦力を消耗させていった。

八月初旬には、大鳥居《おおどりい》（三重県桑名市）、篠橋の二城にたてこもる門徒勢が、軍使をたて、信長に降伏を申しいれ追い返された。

信長は長島の一向一揆《いっこういっき》勢を、ひとりのこらず餓死させるつもりでいた。

大鳥居城では数日後の豪雨の夜、数十人が逃げだそうとして反対に城内へ追いこまれた。織田勢は夜があけるまで、曲輪《くるわ》うちにいた門徒千余人を老幼男女の別なく皆殺しにしてしまい、逃げる敵を斬《き》りすてる足軽たちが、血の海に足をすべらせ転げまわる修羅場となった。

海からの補給路を断つ作戦は、信長の予想よりもはるかに大きな効果をあらわした。

長島を包囲する態勢を、二か月もつづければ、願證寺の陣中にいる数万の門徒は、すべて餓死してしまう。

門徒勢は長島、屋長島、中江《なかえ》の三つの砦《とりで》に、およそ三万人ほどもたてこもっていた。九鬼嘉隆は安宅の船の櫓から敵陣を見渡し、幕僚たちに言った。

「一向一揆の連中は、極楽浄土へいきたいばっかりに、長島坊主を生き仏と思うてこの世の地獄に落ちこんだのう。哀れなものや、もう死にかけてるわい」

信長は嘉隆に命じ、漁師たちを呼び集めさせ、河口で地曳《じび》き網を曳かせた。鰯《いわし》、鯖《さば》、鰺《あじ》などの小魚がおびただしく水揚げされる様子を、餓死しかけている門徒たちに見せつけるためである。

九月二十九日、長島願證寺は降伏の使者を信長のもとへ送った。兵糧、矢玉が尽きはて、本願寺連枝の佐堯《さぎょう》上人も餓死寸前に至っていた。

信長は答えた。

「長島より退散いたすならば、大将をのぞく余の者は、命を助けてつかわすだわ」

一揆勢全軍の指揮をとるため、大坂石山《いしやま》本山からきていた下間三位法橋《しもつまさんみほっきょう》は死ぬ覚悟を決め、全軍退去とした。

だが信長は、佐堯上人《しょうにん》以下全員が寺内から出ると、彼らに銃撃を浴びせ、皆殺しにしようとした。門徒の男たちは、着衣の下に刀を隠し持っていたので、七、八百人ほどが信長本陣へ斬りこみ、信長の兄信広《のぶひろ》のほか、織田信成《のぶなり》、同仙千代《せんちよ》ら一門衆、数百人の歴々の侍を殺し、三百人ほどが重囲を斬り破って逃げ去っていった。

嘉隆は残酷な兵糧攻めを哀れに思うが、信長の方針を正しいものと見た。門徒勢は降伏しても心中の宗教心は変わらないので、生きている限り敵対してくるのである。

天正四年（一五七六）六月、九鬼嘉隆は伊勢、尾張《おわり》沿岸の整備にあたっていた。

信長は元亀《げんき》元年（一五七〇）に本願寺第十一代法主顕如光佐《ほっすけんにょこうさ》と交戦して以来二度和議を結び、天正三年（一五七五）十月にふたたび和睦したが、和平はやぶれ、大坂石山本山を包囲している明智光秀《あけちみつひで》、細川藤孝《ほそかわふじたか》らは、大坂一帯の田畠薙《でんぱたな》ぎをおこない、開戦の支度をととのえた。

信長は天正四年四月十四日、明智、細川のほかに荒木村重《あらきむらしげ》、原田直政《はらだなおまさ》らに本願寺攻撃を命じた。近日のうちに毛利《もうり》水軍の大船団が、石山本山へ兵糧を海路搬入するとの情報が入ったためであった。

荒木村重は尼崎《あまがさき》から数百艘の軍船で、軍兵を北野田《きたのだ》（大阪市《おおさか》福島区《ふくしま》）に上陸させ、近江川《おうみがわ》（淀川《よどがわ》）の河口に土塁を築き、石山本山への弾薬兵糧の補給路を断った。石山本山のいまひとつの補給路は、西南方の木津川《きづ》（大阪市浪速区《なにわ》木津川）河口だけとなった。

木津川口には、本山の味方である四国三好《みよし》党の軍船が数隻碇泊《ていはく》して、海からの織田方の攻撃にそなえていた。

木津砦には雑賀鉄砲衆五百人が、三千人の一揆百姓勢とたてこもっている。木津から高津《たかつ》、難波《なにわ》島を経て、本山に至る補給路は、雑賀衆と石山忍びの者が、決死の覚悟で守っていた。

信長は木津川の補給路を断つために、三津《みつ》寺（大阪市中央区）という在所を占領しようとした。そこを取れば、本山と木津の連絡は断たれる。

紀伊雑賀鉄砲衆は、名将として知られる雑賀《さいか》（鈴木《すずき》）孫一《まごいち》指揮のもと、三千挺ともいわれる鉄砲の三段備えで、鉄壁の防衛陣を築いていた。五月七日の合戦では、夜明けまえに織田信長の指揮する部隊が天王寺《てんのうじ》（四天王寺《してんのうじ》）で門徒兵と激突し、信長は太腿《ふともも》を撃たれ重傷を負い、その後二か月ほど病床につくことになった。

信長は築城中の安土《あづち》城で療養をおこなうかたわら、普請の指揮をとった。

その頃、安芸《あき》の毛利輝元《てるもと》は本願寺に兵糧を入れるため、兵糧船六百余艘に米麦を満載して、軍船三百余艘に警固をさせ、淡路岩屋《あわじいわや》へ集結させていた。信長は彼らの動静を、忍者に探知させていた。

信長は淡路水軍の大将安宅信康《あたぎのぶやす》に、毛利の大船団がまもなく大坂湾へ入ってくるので、あらわれたときは関船《せきぶね》（安宅船か）を出し、撃退するよう命じた。

安宅信康は、紀伊熊野水軍を率いる紀伊安宅氏の分家で、淡路洲本《すもと》、由良《ゆら》に城を構えていた。信康ははじめは石山本山方であったが、元亀三年（一五七二）に織田方に寝返っていた。

彼は、強大な瀬戸内《せとうち》水軍が全力をあげ東上してくるとき、敵対すれば撃破されると見て、協力を渋った。

毛利の九百艘の船団はいったん淡路岩屋に集結し、七月十二日に大坂湾を南へ横切り、和泉貝塚《いずみかいづか》で雑賀衆と合流して、十三日昼過ぎに、木津川河口に接近した。

安宅信康の水軍は淡路にとどまったままである。織田水軍の主将は、瀬戸内海の真鍋《まなべ》島（岡山県笠岡《かさおか》市）から和泉に移住した海賊である。信長の命令により、木津川河口に十艘の安宅船をならべ、たがいのあいだを太綱でつなぎ、鉄砲の筒口をそろえている。

その隙間を、楯をならべた囲い船三百艘が埋めた。彼らは海戦がはじまると高速で海上を漕《こ》ぎまわり、火砲で敵の大船を攻撃するのである。

主将真鍋七五三兵衛《まなべしめべえ》は、戦う前から討死の覚悟をきめていた。軍船に乗っている兵員のおおかたが、海戦の経験に乏しい足軽たちであったためである。

毛利の兵船は、十三日の夜から翌朝にかけて、猛烈な攻撃をしかけてきた。太綱でつないだ織田方の安宅船は、海面に固定されているので、古船に薪《まき》を山のように盛りあげ、油をかけ火をつけた火船《ひぶね》を衝突させられ、炎上した。

囲い船は雑賀衆の高速で走る小早船の好餌《こうじ》となった。彼らは近づいてきては大型の水鉄砲で油をそそぎかけ、松明を投げこみ大火事をおこす。

焙烙火矢《ほうろくひや》という、小型の榴弾《りゅうだん》を投げ、兵員をなぎ倒し、夜があけるまでに織田水軍を完膚なきまでにうちのめした。

主将真鍋七五三兵衛、沼野伝内《ぬまのでんない》ら名のある者はすべて戦死し、二千余人が首をとられた。

この一戦によって織田勢は大坂湾の制海権を失った。摂津《せっつ》、和泉、紀伊の門徒勢力と、石山本山との海上交通は自由自在となり、播磨《はりま》をおさえる羽柴秀吉《はしばひでよし》らの勢力は、海上からの圧迫をうけるようになった。

二

信長は安土城に九鬼嘉隆を呼び、新鋭艦の建造を命じた。

「焼討をしかけられても、燃えぬ船をこしらえねばならぬだわ。燃えず、破られぬ大船と申さば、鉄板で張りまわせし船のほかには、なかろうかでや」

大安宅船の伊勢型と呼ばれる船体の総櫓は二階造り、弓、鉄砲を放つ狭間《さま》は三段につらね、天守は三層とする。

信長はそのような巨船を一分（約三ミリ）の鉄板で艤装《ぎそう》せよといった。当時鉄板で装甲した軍船は、世界に出現していなかった。

ヨーロッパで造船に鉄をつかうようになるのは、百年ものちのことであった。

嘉隆は言上する。

「かほどの船をこしらえるには、およそ三千石積みより上のものとなりまするが」

「櫓に乗せる大筒は、一貫匁《かんもんめ》玉筒三門といたす。費えはいとわぬだわ。船大工、鍛冶師どもを呼びあつめ、ただちにこしらえるべし」

信長の命令をうけないときは、破滅するしかない。

当時、日本では一貫目玉を発射する大砲が製造された前例がなかったが、信長は国友鍛冶に、それを製造せよとの厳令を下していた。

「鉄砲をどれほどの日数で、こしらえるかのん」

「これまで手がけしことがなきゆえに、しかとご返答いたしかねまするに」

「およその見積りをいたせ」

「まずは三年かと存じまするが」

「あいわかった。一年半でこしらえよ。おなじものを六艘でやな」

嘉隆のような海戦の数をかさねた荒武者が、小袖の襟が水をかけたように濡れるほど冷汗をかいた。

鳥羽城に帰った嘉隆は、ただちに鉄船建造にとりかかった。船体が重いので、進水したとき転覆の危険があった。熊野灘の荒海を航行して大坂湾に達するために、どのような構造にすればよいのか、嘉隆は船大工たちとともに、模型をこしらえ水に浮かべては設計をやり直すことをくりかえし、不眠不休の日をかさねた。

天正六年（一五七八）播磨の織田勢と備前《びぜん》国境の毛利勢との対陣は、膠着《こうちゃく》状態に陥っていた。毛利勢は水軍で瀬戸内の海上を制圧しており、補給に苦しむことがなく、やがて大坂石山本山と呼応して大攻勢をはじめ、一気に京都《きょうと》を占領する作戦を練っていた。

信長は毎日のように急使を伊勢大湊《おおみなと》（三重県伊勢市）の鉄船張り立ての現場へ走らせ、工事を急がせた。

織田政権の運命を左右する六艘の鉄船と、一艘の大安宅船は最後の艤装を終え、大坂へむけ出航した。

七艘の巨船は、熊野灘、枯木《かれき》灘の荒波を乗りきり、六月二十六日、紀州雑賀荘沖にさしかかった。雑賀衆は数百の小早船を出し、焙烙火矢、焼玉《やきだま》を放って火災をおこさせようとしたが、まったく相手にされず、巨砲の的となり百艘ほどが撃破された。

七月十七日、船団は堺湊《さかいみなと》に到着、翌日大坂木津川沖に碇泊して、石山本願寺は海上補給路を閉ざされることになった。船団に乗り組む将士は、九鬼嘉隆以下五千人であった。

堺湊で鉄甲船を見物にきた群衆の数はどれほどとも知れない。海岸に黒山のようにつらなり、彼らを目あてにした物売り小屋が建てられ、祭礼のような騒ぎである。

イエズス会巡察師オルガンチノは鉄甲船に乗りこませてもらい、ポルトガルでも見たことがないと感心した。

各船に大砲が三門ずつ搭載されているが、それがどこでつくられたものか、オルガンチノには見当がつかなかった。日本の大名たちにはそれほど大口径の砲を鋳造する能力がないと思っていたためである。

信長は九月二十三日に安土から上洛《じょうらく》し、月末に堺湊へ出向いて、鉄甲船の出来栄えを検分した。信長は出迎えた嘉隆に笑顔をむけた。

「そのほう、世にめずらしき鉄船をよくぞこしらえしでなん。ほめてつかわそうでや。船中を案内いたせ」

「かしこまってござりまするに」

相撲取りのように逞《たくま》しい嘉隆は、狩衣《かりぎぬ》をつけ、丸い眼を光らせ信長を案内した。

鉄船の装甲は錆《さ》びないよう充分に油脂を塗布しているので、鏡のように陽を反射した。信長は舳《とも》に設けられた三門の一貫目玉筒を操作し、満足してうなずく。

諸事に派手を好む嘉隆が、幟、指物《さしもの》、幕で船上を飾りたてているのも、信長の気にいった。

嘉隆は言上した。

「上さまのご才智とご威光によらなんだら、こげな鉄船はとてもできるものではござりませぬ。これさえあったら、毛利の兵船が千艘きても、片っぱしから撃ち沈めちゃりまする」

信長は甲高い笑い声をひびかせた。

「その通りだでなん。毛利の奴ばらがあらわれしときは、一艘も帰さず海の藻屑《もくず》といたすべし」

毛利の兵船六百余艘が、木津川沖へ攻め寄せてきたのは、十一月六日であった。

毛利水軍は、鉄船を怖れてはいなかった。砲火を四方から浴びせ、焼きたてて接舷《せつげん》し、乗り組みの将士を皆殺しにしようと、襲いかかってきた。

「あれ見よ、数を頼んできくさったぞ。あいつらが鉄砲やら火矢を撃ちまくり、舷を寄せてくるまでこっちから手向かいするなよ。わしが一発狼煙《のろし》をあげたら、大筒、大鉄砲を撃ちまくるんじゃぇ」

嘉隆は六艘の鉄船と一艘の大安宅船を木津川河口にならべ、数十艘の小早船に周囲を護衛させた。

彼は鉄船がどれほどの威力を発揮できるか、見当もつかなかった。火船をぶっつけられ、大きな水鉄砲で油をそそぎかけられるうちに、船内に熱気が満ちてきて、味方が蒸し焼きにされる無残な最期を遂げなければならなくなるおそれも、充分にあった。

毛利の六百余艘は辰《たつ》の刻（午前八時）に猛然と攻めかけてきた。海面を埋めてくる毛利勢のまえに、織田勢の小早船はすべて撃沈され、九鬼船団の大安宅船も火を発して海岸へ避退していった。

六艘の鉄船は火船に前後左右から衝突され黒煙にかくれて船影が見えなくなった。海岸から見物していた群衆は、鉄船もなんの威力もあらわさず、毛利勢が大勝するだろうと思った。

だが、鉄船の天守にいた嘉隆は、毛利の戦船が舷を触れるところまで接近してきたとき、はじめて狼煙をうちあげた。

六艘が一貫目玉筒、大鉄砲の斉射をはじめると、戦況は一変した。

毛利の船団は指揮官の乗っている大船を片端から撃破され、対抗の手段を失い午《うま》の刻（正午）過ぎに沖合へ退いていった。

この一戦により、信長は戦線崩壊の危機を免れた。石山本願寺は兵糧、弾薬の補給路を断たれ、戦況は一気に逆転した。

嘉隆は戦功により、信長から志摩七島、摂津野田、福島に七千石の加増をうけた。

このときが嘉隆のもっとも武威さかんな時期であった。

信長の没後は秀吉に仕え、九州《きゅうしゅう》征伐、小田原《おだわら》攻めに参加し、水軍の中心となってはたらく。

文禄《ぶんろく》元年（一五九二）の朝鮮《ちょうせん》の陣では、日本水軍の総師として活躍した。嘉隆は日本水軍最大の大安宅船日本丸に座乗し、朝鮮水軍の名提督李舜臣《りしゅんしん》と戦い、すさまじい石火矢、棒火矢の攻撃に耐え、敢闘した。

嘉隆は慶長二年（一五九七）、嫡男《ちゃくなん》の守隆《もりたか》に所領を相続させ、自分は五千石の隠居料をうけ、引退した。

三

慶長三年（一五九八）に秀吉が没したあと、慶長五年（一六〇〇）に関ケ原《せきがはら》合戦がおこった。守隆は家康《いえやす》の会津《あいづ》攻めに従軍し、鳥羽の留守居を嘉隆がつとめていたが、石田三成《いしだみつなり》から西軍に参陣してほしいとの誘いの使者がきた。

「わしは家康に遺恨があるんじゃ。さて、どうするか」

嘉隆は判断に迷った。彼の身中には荒々しい海賊の叛骨《はんこつ》がある。

「家康のような者に、ついていけるか」

嘉隆は秀吉が世にいるあいだ、鳥羽城の沖を通る船舶から、航行税をとりたてていたが、秀吉が亡くなったあと、伊勢岩出《いわで》（三重県度会《わたらい》郡玉城《たまき》町）城主稲葉《いなば》道通《みちとお》が、領内の材木を大坂へ海路輸送するとき、税を払わなくなった。

嘉隆は大坂城の豊臣政権に訴え出たが、五大老《ごたいろう》の家康が却下した。

「亡き太閤《たいこう》は、世におられるうちに淀川、宇治《うじ》川の川関所の関税を廃された。九鬼もその例に従うべきところを、遠国であったので、これまで旧例をつづけてきたので、いまは廃すべきである」

嘉隆はこの裁決を不当なものとして、家康に恨みを抱いていた。

「守隆はどうせ家康の東軍に従うであろうから、わしは西軍についてひとあばれしちゃる。九鬼の家門はどうせ残るんや。まかりまちごうても、わしが死ぬだけでけりがつくんじゃ」

嘉隆は西軍に属し、さっそく兵船を出して岩出城を攻めたが、守備が固く攻囲に失敗したので、尾張、三河《みかわ》の海岸を荒らしまわった。だが東西両軍が関ケ原で激突すると、西軍に裏切り者があいついで出て、半日のうちに総崩れとなってしまった。

嫡男守隆は、父嘉隆が日頃から放狂浅慮のかたむきがあり、西軍に参加したのも、わずかな私憤によるもので、深い策謀があってのことではないので、自分の戦功にかえて助命してほしいと家康に嘆願した。

嘉隆は切腹を覚悟していたが、しばらく形勢を観望しようと、鳥羽湾答志島《とうしじま》に隠れた。だが家康の配下による西軍残党狩りの手は、鳥羽にも及んできた。九鬼の家老が嘉隆にすすめた。

「いよいよ思い切られるときがきたようでござりまするぞ。お覚悟召されませ」

「うむ、そうするわい。こげな浮世に何の未練もないさかいにのう」

五十九歳の嘉隆の、五体の筋骨はまだ隆々《は》としていた。

彼は慶長五年十月十二日、自ら首を刎ねて死に、鳥羽の洞泉庵《とうせんあん》という寺に葬られた。守隆の助命嘆願が家康に聞きいれられ、赦免状が鳥羽に届いたのは、そののちのことであった。三重県鳥羽市答志町和具には、いまも彼の首塚が残されている。

安国寺恵《え》瓊《けい》

外交僧として
毛利家と
秀吉の間を調停

一

鎌倉《かまくら》時代、安芸《あき》守護職《しゅごしき》を世襲《せしゅう》する武田《たけだ》氏の居城銀山城《きょじょうかなやま》（広島《ひろしま》市安佐南《あさみなみ》区祇園《ぎおん》）が、太田川《おおたがわ》西岸にあった。

安芸武田氏は甲斐《かい》武田氏と同族である。室町《むろまち》期に若狭《わかさ》守護武田氏を分家《ぶんけ》として出した。だが、代々の当主が凡庸《ぼんよう》であったため、戦国時代に入ると、かつて配下であった毛利元就《もうりもとなり》の攻撃をうけ、天文《てんぶん》十年（一五四一）五月に銀山城を攻め落とされ、当主信重《のぶしげ》は自殺した。

恵瓊《えけい》は信重の子であったといわれる。竹若丸と呼ばれる幼童《ようどう》であった恵瓊は、太田川の東岸にある安国寺《あんこくじ》（広島市東区牛田新町《ひがしくうしたしんまち》）に逃れた。

安国寺は後醍醐《ごだいご》天皇の没後、足利尊氏《あしかがたかうじ》、直義《ただよし》兄弟が、天皇をはじめ南北朝争乱における戦没者のすべてを弔《とむら》うため、全国に一寺ずつ設けたものである。

恵瓊のように滅亡した大名豪族の遺児が大寺院に逃げこめば、追手はそれを捕えることはできない。寺内は世俗の勢力が及ばない聖域であった。

恵瓊は安国寺に入ってのち、竺雲恵心《じくうんえしん》の弟子となり、臨済宗《りんざいしゅう》の学問をつんだ。恵心はのちに京都五山《きょうとござん》のひとつである臨済宗東福寺《とうふくじ》の第二百十三世住持《じゅうじ》となり、仏智大照国師《ぶっちだいしょうこくし》の号《ごう》を、朝廷から贈られた人物であった。

恵心は早くから毛利一族の帰依《きえ》をうけており、使僧《しそう》の役をつとめていた。使僧とは、戦国大名の外交をひきうける僧のことで、強大な大名は必ず数人の使僧を用いていた。

使僧は合戦の際に大名の軍勢とともに行動し、敵軍と対陣中、和睦交渉などの必要がおこったときは、ただちに使者として敵陣にむかう。当時、僧侶は俗界に無縁であるとして、何者からも危害を加えられない立場にあった。

戦国期は弱肉強食の下剋上の時代で、全国で大小の豪族があい闘い、生存のためのすさまじい競争をくりかえしていた。彼らは小領主であるときは、目前の敵を倒すために全力を傾けるのみで、天下の形勢をうかがう余裕はない。だが大領主にのしあがってくると、京都の朝廷と室町幕府を中心に、乱世を終結させ、全国を統一させようとする動向をあらわす。

天皇の勅旨《ちょくし》と将軍の御内書《ごないしょ》は、乱世においても、国じゅうの武士を従わせる大義名分をそなえている。戦国大名のうちで、いちはやく京都に出て、皇室を補佐し、幕府の後楯《うしろだて》となった者が、天下を統一する実力者となる。

僧侶は学識がある。禅僧と武士の関係は長くつづいてきた。恵心のような高僧は、戦場にのぞむ武士の死生《ししょう》についての信仰を教えるばかりではなく、全国の文化、政治、経済の現状につき、中央の事情にうとい地方の大名に、示唆《しさ》を与えることができる。

諸方に割拠している大名たちは、僧侶から新しい情報を入手したがった。僧侶は俗世を離れた存在であるので、諸国を自由に往来できたためである。

恵心は毛利氏の要請によって、諸国を往来する雲水《うんすい》僧の旅をつづけ、天下の情勢を観望して、今後のとるべき方針を示す。戦いを終えるための和睦交渉をもかさねた。

永禄《えいろく》二年（一五五九）、恵心は京都東福寺の住持となった。毛利氏は中国第一の大大名となり、天下統一をはかるほどの大勢力になってきた。

恵心は朝廷と毛利氏をむすびつけるため、正親町《おおぎまち》天皇の御即位式の費用二千貫《かん》を、毛利元就に献上させた。天皇は践祚《せんそ》をして三年を経ていたが、御即位式はまだおこなわれていなかった。

元就父子はこの功によって、官位が昇進し、幕府は元就に錦《にしき》の直垂《ひたたれ》着用をゆるし、子息隆元《たかもと》を安芸守護とし、二人を幕府相伴衆《しょうばんしゅう》に列した。

さらに恵心の外交方針は大きな結果をもたらした。第十三代将軍足利義輝《よしてる》は、毛利氏と争いをくりかえしている山陰《さんいん》の尼子《あまご》氏と、北九州《きたきゅうしゅう》の大友《おおとも》氏に和平を説き、西国の有力大名をこぞって幕府に協力させる交渉をはじめたのである。

義輝は、永禄三年（一五六〇）にまず毛利、尼子の和平交渉にあたらせるため、聖護院道増《しょうごいんどうぞう》、朝山日乗《あさやまにちじょう》を使僧として派遣した。

恵心も元就らに和睦を説いたが、毛利氏は尼子氏を撃滅して出雲《いずも》の地を奪おうという意欲がさかんであったので、応じない。

「尼子は当主の晴久《はるひさ》が病《やまい》で死んでしまいよって、年端《としは》もいかぬ息子の義久《よしひさ》が家来どもに担ぎあげられておるのじゃけえ、いま出雲を攻め取らにゃあ、どうするんぞ」

だが、幕府の使僧にはなるべく安芸に長く滞在して欲しい。そのあいだは敵が幕府に遠慮して攻めかけてこないためである。幕府へ献上物を贈り、尼子との交渉を長引かせようとしたが、道増たちはいったん引き揚げた。元就父子は相談した。

「尼子を何とか征伐してやりたいがのう。豊後《ぶんご》の大友と手を結んだら、うしろを気にせず出雲を攻められるけえ、公儀《こうぎ》に大友との和睦を進めてもらうよう、頼もうぞ」

幕府は毛利と大友を講和させるため、聖護院道増、朝山日乗、久我《こが》通興らを派遣してきた。彼らと対応するのは恵心で、その弟子恵瓊は、師の交渉の手練《てれん》を詳細に見届けていた。

永禄六年（一五六三）八月、毛利隆元は大友氏と和睦したのち、出雲への出兵途中に急死した。

永禄九年（一五六六）、毛利氏は尼子氏を征伐し、同十一年五月、伊予《いよ》を版図《はんと》に収めた。毛利の勢力が増強の一途《いっと》をたどってくると、九州の大友氏に属していた豪族らが、毛利氏に接近してきた。

宝満《ほうまん》（福岡《ふくおか》県太宰府《だざいふ》市）城主・高橋鑑種《たかはしあきたね》、立花《たちばな》（福岡県糟屋《かすや》郡新宮町《しんぐうまち》）城主・立花鑑載《あきとし》ら、大友氏の一族までが毛利方についたので、大友宗麟《そうりん》は出兵して、立花城以下の大友宗家《そうけ》に離反した諸城を攻撃した。

毛利氏は急ぎ北九州の諸城救援にむかったが、立花城は永禄十一年（一五六八）七月に大友勢に占拠されてしまった。毛利勢は大友勢の侵入を排除するため、兵力の大半を北九州に置き、永禄十二年（一五六九）閏《うるう》五月に、ようやく立花城を奪還した。

毛利氏が大友との戦いに懸命の努力をかさねているとき、永禄十二年六月、尼子勝久《かつひさ》を奉じた尼子の遺臣、山中鹿介《やまなかしかのすけ》らが出雲に攻めこんできた。山中鹿介は、備前《びぜん》・播磨《はりま》の浦上宗景《うらがみむねかげ》、宇喜多直家《うきたなおいえ》と呼応して動いたので、毛利氏は重大な局面に立たされた。

瀬戸内《せとうち》水軍も叛乱《はんらん》をはじめた。伊予能島《のしま》（愛媛県今治《いまばり》市）城主・村上武吉《むらかみたけよし》が毛利氏攻撃をはじめた。さらに大内氏の残党も大友の援助をうけ、山口に攻め入ってきた。

このため、北九州に布陣していた吉川元春《きっかわもとはる》、小早川隆景《こばやかわたかかげ》の軍勢の主力は、安芸に帰還し、四方からの敵襲にそなえることとなった。

安国寺恵瓊はこの頃から毛利家の使僧として、奔走するようになった。師の恵心が老齢のため引退したのである。

恵瓊は永禄十二年に安芸安国寺の住持となり、毛利家の運命にかかわるような、重大な外交交渉にのぞむ経験をかさねた。

恵瓊は小柄で頭でっかちであったので、のちに「鉢開《はちひら》きのようなる正慶小僧《しょうけい》」と毛利家中《かちゅう》でかげ口をきく者がいた。天正《てんしょう》十一年（一五八三）、毛利氏が秀吉《ひでよし》に講和を迫られていた時期である。恵瓊の外交方針がきわめて慎重であることに、不満を抱く侍がすくなくなかったのである。

この時恵瓊は上方《かみがた》の兵と毛利の兵が戦えば、十に七、八は毛利方が負けるといった。たびたび上洛した彼には、天下の形勢がよく分かっていた。

「上方の衆はすばしこいけえ、たやすくはつけこまれん。武者の人数も多けりゃ、金を持っとるけえ、荷駄《にだ》もゆっくりしたもんじゃ。計略も巧みで、相手の裏をかきよらあ。

それにくらべりゃ中国《ちゅうごく》の衆は動きが鈍《にぶ》うて人数も少ない。金もなけりゃあ、人使いも下手じゃが。そんなことを知らずに、合戦を碁《ご》か将棋《しょうぎ》の勝負のように、軽く考えよったら、えらい目にあわされらあ」

これより十五年前の永禄十一年九月、織田信長《おだのぶなが》が足利義昭《よしあき》を奉じて入京、第十五代将軍の座につけ、京都に軍事政権を置いた。世情は変化をつづけていた。

毛利氏は戦況の急迫にともない、大友氏との和睦を切実に望むようになった。元亀《げんき》元年（一五七〇）二月、将軍義昭は久我晴通《はれみち》を豊後の大友宗麟《そうりん》のもとへつかわした。信長の使者も出向き、毛利との和睦を命じた。

恵瓊は元亀元年から二年（一五七一）にかけ、二度上洛して義昭と信長に会い、使僧としての役割を果した。毛利元就は元亀二年六月、七十五歳で病死した。

二

元就の死後、毛利氏の政治情勢は破綻を免れ、好転した。元亀二年八月に、出雲の尼子残党が壊滅し、九州の大友氏と和睦がつづいていたので、将軍義昭と信長の要望をうけ、備前に進出していた四国の三好《みよし》家を讃岐《さぬき》へ追撃した。

恵瓊は毛利の勢力が東方へむかうとき障害となっている、宇喜多直家を戦うことなく降伏させる和談の交渉に、力を傾けていた。

播磨と備前は、南北朝以後、赤松《あかまつ》氏が守護となっていたが、戦国期の下剋上の機運によって、家来の浦上氏に領地を奪われ放逐《ほうちく》された。さらに浦上氏の当主宗景は、家来の宇喜多直家に実権を奪われた。直家は備前過半と美作《みまさか》、播磨の一部をおさえ、広大な領土を獲得していた。

だが、直家は協力しあってきた尼子、大友が毛利の敵ではなくなり、織田信長も恵瓊を使僧とする毛利との外交交渉に応じていたので、孤立してしまった。そのため、備中《びっちゅう》のすべての城を明け渡せという、苛酷《かこく》な毛利の要求をうけいれざるをえなくなった。

将軍足利義昭は、輔佐《ほさ》役である信長に実権を握られた。永禄十二年秋頃から現状を不満とする義昭は、越前《えちぜん》の大名朝倉義景《あさくらよしかげ》にひそかに信長追討を命じ、それが発覚して、信長は敦賀《つるが》に侵攻し、義景を攻めたが、北近江《きたおうみ》の浅井長政《あざいながまさ》が義景を援《たす》け挙兵したので、兵を引いた。

このの ち、信長は義昭の単独行動をすべておさえるようになり、義昭は全国の有力大名に、信長追討の御内書をひそかに下した。

義昭がもっとも期待したのは、甲斐《かい》の老雄武田信玄《しんげん》であった。ついで信長に対抗しうる大勢力は安芸の毛利であった。

信玄は元亀三年（一五七二）十月、二万五千の大軍を率い遠江《とおとうみ》に南下、十二月に三方ケ原《みかたがはら》の戦いで、徳川家康《とくがわいえやす》と信長の援軍を浜松《はままつ》城からおびき出し、徹底的に打ちやぶった。

信玄は大坂石山本願寺《おおさかいしやまほんがんじ》顕如光佐《けんにょこうさ》、浅井、朝倉、三好義継《よしつぐ》、根来衆《ねごろしゅう》が上方で呼応して立ち、さらに中国の大勢力毛利氏が味方をすると判断し西上をはかっていた。

だが陣中で病がしだいに重くなり、天正元年（一五七三）四月十二日、帰国の途中、伊那谷《いなだに》で没した。

義昭は信玄の死を知らなかったので、武田勢の西上の足取りが鈍ると、毛利氏を頼った。安国寺恵瓊は、毛利一族の長老小早川隆景と協議して、織田勢力に対抗する策を練ってきた。恵瓊の活躍は、幕府に聞えていた。

信玄がまもなく上洛を果たすであろうと思っていた義昭は、天正元年七月、山城《やましろ》の槇島《まきしま》城（京都府宇治《うじ》市）で挙兵したが、たちまち信長に制圧され、河内《かわち》の三好義継の居城《きょじょう》である若江《わかえ》城（大阪府東大阪《ひがしおおさか》市）に閉居させられた。信長は全国の武士の頭領である征夷大将軍を殺せば逆臣になるので、どうすることもできない。

　義昭は安芸の吉川元春、小早川隆景に使者をつかわし、「毛利氏を第一の頼りと思っている。いま毛利氏が派兵すれば、たちまち畿内《きない》をおさえ、足利幕府の再興が可能になる。ぜひ毛利輝元《てるもと》に出馬をさせてもらいたい」と要請させた。

　義昭は流寓《りゅうぐう》の身であっても、天下の武士を服従させる権威をそなえている。織田政権は、しだいに中国地方へ勢力を伸ばし、東方へ領地をひろげてゆく毛利氏と、勢力圏を接する直前に至っていた。

　両勢力のあいだに介在する因幡《いなば》、但馬《たじま》の豪族たちは、いずれかへ帰属を決めなければならない情勢に、迫られていた。

　織田信長は、天下統一をめざしているが、本願寺一向一揆《ほんがんじいっこういっき》勢、上杉謙信《けんしん》、武田勝頼《かつより》らの強敵をひかえている。毛利氏もまた、信長と決戦をおこなうだけの準備ができていない。

　だが、義昭は一日も早く信長を追討したいので、毛利輝元の出馬をうながしてくる。両勢力の衝突がおこらないよう、外交交渉がしきりにおこなわれたが、安国寺恵瓊は毛利側の使僧として、織田側の外交役である羽柴《はしば》秀吉、朝山日乗とさかんに交流をかさねた。

義昭は毛利氏の領内に幕府御所を移したいと希望してきたが、そうなれば毛利は織田政権との対決を迫られかねない。

このため、恵瓊は秀吉と朝山日乗の協力で、義昭が京都に帰れる許可を信長に求めようとした。信長は天正元年九月に同意したので、恵瓊は義昭のもとへその旨を伝えた。

義昭は同年十一月五日、若江城から堺《さかい》（大阪府堺市）にきて、恵瓊、秀吉、日乗に会った。

義昭は信長が講和を望んでいると聞くや、とたんに強気になり、実体のない将軍の権威を誇示し、信長から人質をとらねば帰洛しないと言いだした。

秀吉は愛想をつかした。

「さように仰せられては、われらが主人も御入洛をうけあいませぬゆえ、ここよりいずれへでも逃げ隠れなされば、ようござりましょう」

秀吉は翌日、堺を発って帰ってしまった。恵瓊は日乗とさらに一日とどまり、義昭を説得しようと努めたが、成果は得られなかった。恵瓊は毛利家の意向をはつきりと告げた。

「当家は、公方《くぼう》さまのお移徙《わたまし》をおうけいたしては、織田殿との仲違いをおこし、一大事となり迷惑いたしまするゆえ、この段お聞き届け下されませ」

義昭は承知して、十一月九日に主従二十人で、堺から海路をとり紀伊宮崎《きいみやざき》の浦《うら》（和歌山県有田《ありだ》市）に到着、由良《ゆら》（和歌山県日高《ひだか》郡由良町）の興国寺《こうこくじ》に入った。

恵瓊は安芸への帰途、十二月十二日に岡山《おかやま》城で宇喜多直家に会った。岡山に滞在中、吉川元春の家老山県越前守《かろうやまがた》、小早川隆景の家老井上春忠《いのうえはるただ》あてに、織田政権の動向を伝える長い手紙を書いた。

そのなかで、朝山日乗は自分にそっくりといっていいほどの人物であるといっている。昔の周公旦《しゅうこうたん》か太公望《たいこうぼう》のようだと言いつつも、本心がどこにあるかを見せない、油断ならない男であると言うのである。

また信長について、鋭敏な観察をした。

「信長の代は、あと五年か三年は保《も》つだろう。来年あたりには公卿《くぎょう》などになるだろうが、そののち、高ころびにあおのけにころぶだろう」

本能寺《ほんのうじ》で信長が横死するのは、このときから九年後であるが、恵瓊は当たらずとも遠からずといえるほどの予言をした。

彼は秀吉ら織田政権の外交関係者らと親しく接するうち、織田政権が信長を中心にまとまっているように見えて、意外に深刻な亀裂がはいっている実情を知ったのである。信長の常軌を逸した猜疑心《さいぎしん》と攻撃性にいためつけられた家臣団のなかに、主人の隙をうかがい下剋上のふるまいをしかねない者がいるのを、探りあてたのであろう。

秀吉については、つぎのように記す。

「藤吉郎《とうきちろう》、さりとてはの者にて候《そうろう》」

織田政権のなかで、後継者となる者が信長の息子たちでもなく、徳川家康、柴《しば》田勝家《たかついえ》でもないことを、恵瓊は見抜いていたのである。

三

織田と毛利はその後天正四年（一五七六）まで、表面では親善関係をよそおい、裏面では双方の勢力にむすびつく土豪たちに代理戦争をおこなわせていた。

恵瓊はその間に出没し、外交面で毛利のためにおおいにはたらいた。だが天正四年七月、毛利氏は織田勢が包囲する大坂石山本願寺に兵糧《ひょうろう》を入れるため、七〜八百艘《そう》といわれる瀬戸内水軍で、木津川《きづがわ》河口を封鎖している。織田水軍三百艘を完膚《かんぷ》なきまでに撃破した。

毛利勢はこのときから織田勢を上まわる勢力を誇示し、瀬戸内海、山陽道《さんようどう》、山陰道の三道をとって、畿内へ攻めのぼる方策を立てていた。

だが信長は世界に前例を見ない鉄甲船《てっこうせん》六艘をつくり、天正六年（一五七八）十一月の海戦で毛利水軍に快勝した。こののち、毛利の戦力は織田のそれにしだいに引きはなされていった。

恵瓊が使僧として重要な役割を果したのは、天正十年（一五八二）六月二日、織田信長が本能寺で亡くなった直後の、備中高松《たかまつ》城攻囲の後始末の際であった。

高松城を水攻めにしていた羽柴秀吉は、主君信長の来援を待って、一気に毛利勢と雌雄を決するつもりであった。戦況は秀吉に有利で、毛利側から恵瓊が和議交渉にくると、その条件として、備中、美作、伯耆《ほうき》、備後、出雲の五か国割譲および城主清水宗治《しみずむねはる》の自害を主張していた。

だが、六月三日の夜、小早川隆景にあてた明智光秀《あけちみつひで》の密書を持った使者が、秀吉の陣所へ迷いこんだので、信長の死を知った。

秀吉はただちに恵瓊を呼び、信長の死をつげることなく、講和条件を変更するといった。備中、美作、伯耆の割譲をうけ、宗治が切腹すれば兵を引くが、ただちに返答してもらいたいというのである。

恵瓊は秀吉の要求を即座にうけいれ、清水宗治を説得し、六月四日に切腹させ、講和に応じた。秀吉は包囲を解くと一万五千の大軍勢を急速に東上させ、信長の弔い合戦にむかった。

翌日、紀伊雑賀衆《さいかしゅう》の早船《はやぶね》が毛利の陣営に、本能寺の変を知らせた。毛利勢は色めき立った。

「いま、秀吉に追い討ちをしかけりゃ、天下が取れるじゃろうが」

だが小早川隆景と恵瓊は、動揺をおさえた。秀吉の器量を知りぬいていたためである。

秀吉はこのときの恵瓊の好意を忘れなかった。天正十三年（一五八五）六月、秀吉の四国攻めのとき、小早川隆景、吉川元長《もとなが》が伊予を攻めた。四国の覇者、長《ちょう》宗我部元親《そかべもとちか》が降伏したのち、伊予国三十五万石が隆景に与えられた。

恵瓊はこのときまだ使僧として、毛利氏と秀吉政権の連絡に努めていたが、秀吉は伊予国のうち、二万三千石を和気《わけ》郡（愛媛《えひめ》県松山《まつやま》市）内で恵瓊に与えた。恵瓊は秀吉側近の大名となった。領地は十五か年統治する間に加封がかさねられ、六万石になった。

恵瓊は大名にとりたてられたとき、還俗して武田氏に戻ることができた。だが彼は僧籍のままで大名になった。

秀吉は恵瓊が住持をしていた安芸安国寺に、天正十九年（一五九一）、一万千五百石の寺領を与えた。恵瓊は慶長《けいちょう》三年（一五九八）に、東福寺第二百二十四世の住持になった。恵瓊の栄達《えいたつ》は、秀吉との長い年月にわたる交誼《こうぎ》によって、もたらされたものであった。

秀吉に対する親愛の情は深く、慶長五年（一六〇〇）九月の関ケ原《せきがはら》の戦いにのぞみ、恵瓊は迷うことなく西軍に参加した。

家康が慶長五年六月、会津《あいづ》の上杉景勝《かげかつ》に謀叛《むほん》の疑いありとして出兵したとき、毛利輝元はまず吉川広家《ひろいえ》と恵瓊を東征軍に従軍させることにした。

五奉行の首脳である石田三成《いしだみつなり》は、このとき家康征伐の挙兵に踏みきろうとした。三成が最初に秘密をうちあけたのは、親友の大谷吉継《おおたによしつぐ》と、毛利氏を動かす政治力をそなえた恵瓊であった。毛利を味方につけなければ、家康を倒すことはできないと、三成は考えていた。

大谷吉継は、秀吉の生前に三成とともに小姓《こしょう》から奏者《そうしゃ》となり、奉行に栄進したが、天正十七年（一五八九）に越前敦賀城主として五万石を与えられた。三成が近江佐和山《おうみさわやま》（滋賀県彦根市《ひこね》）城主として、十九万石を領しているのにくらべると、不公平であったが、吉継はハンセン病で苦しみ要務にたずさわれない身のうえであった。

彼は家康の会津攻めに、千余人の兵を率い従軍するため敦賀を出て、七月二日に美濃垂井《みのたるい》に到着すると、三成の使者に迎えられ、佐和山城に入った。

吉継は三成に挙兵の相談をうけると、反対した。家康は小牧《こまき》・長久手《ながくて》の戦《いくさ》のとき、数倍の秀吉の大軍を相手に奮戦した。その戦績によって、野戦の名将としての彼の盛名《せいめい》を知らぬ武将はない。しかも、日本じゅうの主立った大名に日頃から懐柔の手を伸ばしていた。

三成はというと、豊臣《とよとみ》政権の行政の実権を手中にしてきたので、秀吉に冷遇された加藤清正《かとうきよまさ》をはじめ、諸将の怨《うら》みを買っていた。

また、数千、数万、数十万の軍勢が入り乱れて戦う野戦の指揮官には、理外《りがい》の理というべき武将の感覚が必要であるが、行政官の三成が持てるわけもなかった。一瞬の判断に生死を賭ける、野獣のような判断力がなければ、大博打《おおばくち》をうつ資格はない。

吉継は挙兵を思いとどまらない三成に、結局は同調した。友情に殉じたのである。

恵瓊は毛利一族百十二万石の戦力を背景にしている使僧である。亡き秀吉との縁故もふかく、この際東西の大勢力が激突する天下分け目の大合戦で家康をうち滅ぼし、毛利輝元に天下の権を握らせるための方策に、ためらうこともなく応じた。

恵瓊は七月十二日に東上の途中、三成に招かれた佐和山城に入り、大谷吉継らとともに策を練り、家康征伐の挙兵の総大将を毛利輝元に決めると、ただちに大坂へ引き返した。

広島を出陣していない毛利輝元に、大坂での挙兵を願う使者を、三成の家来とともに海路広島へおもむかせる。

恵瓊と同行して東征軍に参加する吉川広家は、吉川元春の三男で四十歳、朝鮮《ちょうせん》の戦場では軍法違反の抜け駆けをかさね、石田三成に咎《とが》めをうけたことを憎んでいた。

秀吉が死したのち、慶長四年（一五九九）七月に、広家は伏見《ふしみ》城下で浅野長政《あさののながまさ》と喧嘩《けんか》をした。病中であった恵瓊が無理をおして広家を説得しなければ、破滅を招きかねない大事件をおこすところであった。

毛利輝元は大坂城に入り、豊臣秀頼《ひでより》を奉し、五万に近い将兵を率い西軍の総帥《そうすい》となった。恵瓊はその後二か月の間、西軍の伏見城攻めに参加し、伊勢《いせ》攻めの作戦にも三成の依頼のままにはたらいた。

九月十五日の関ケ原の合戦では、南宮山《なんぐうさん》に布陣した恵瓊は、吉川広家の軍勢が動かないので、ついに西軍が潰走《かいそう》するまで行動できなかった。広家の三千の兵が、毛利秀元《ひでもと》隊一万五千、長束《なつか》・安国寺隊三千三百、南宮山の背後栗原山《くりはらやま》に布陣していた長宗我部盛親《もりちか》隊六千六百の行動を封じてしまったのである。

四

西軍敗北ののち、恵瓊は毛利秀元の軍勢にまぎれこみ、関ケ原を脱出したといわれている。毛利秀元と吉川広家の部隊は、東軍と戦わなかったので、戦場からの退去を見咎められなかった。

だが家康は、西軍の謀将恵瓊を憎悪していた。彼は麾下《きか》諸将に命じた。

「安国寺のことは、何としても生捕《いけど》りになされ候て、もっともに候」

関ケ原から落ちのびた恵瓊は、西本願寺門主《にしほんがんじもんしゅ》の家老、下間刑部卿《しもつまぎょうぶきょう》の婿、端坊明正《はしのぼう》にかくまわれていた。

端坊に恵瓊がかくまわれていることを、家康の部将奥平信昌《おくだいらのぶまさ》に知らせたのは、近江の閉鎭《へいちん》という僧侶であった。

平井、長坂という恵瓊の二人の家来は、捕吏《ほり》の迫ってくるのを知ると、恵瓊が急病を発したようによそおわせ、輿《こし》に乗せると、東寺《とうじ》のほうへ走った。信昌の部下は、その様子を怪しみ、あとを追う。輿を担ぐ人足たちは、八方へ逃げ散る。

平井、長坂は、ついに命運が尽きたと思ったので、恵瓊を殺し、ともに斬り死《きじ》にを遂げようとしたが、恵瓊は首をすくめたので、左頬に疵《きず》がついただけであった。平井、長坂は最期に刀をふるいあばれまわり、十二人を斬り倒したのち、倒れた。

恵瓊は信昌の家来に組み伏せられたが、顔を血に染めながら、庖丁正宗《ほうちょうまさむね》と呼ばれる脇差《わきざし》を抜き、身動きできなくなるまで、逃げようとした。

恵瓊は家康が本陣を置く大津《おおつ》へ護送され、石田三成、小西行長《こにしゆきなが》と大坂、堺、京都の思い出深い町を引きまわされ、十月一日に京都六条河原《ろくじょうがわら》の刑場に至った。

それまでに、恵瓊は家来たちから自害をすすめられたが、なぜかことわった。処刑されるまで、生への望みをつないだのは、謀将としてのしたたかな根性であったといえよう。

信長と
真っ向から勝負した
鉄砲衆

雑賀《さいか》孫一

一

雑賀《さいか》（鈴木《すずき》）孫一《まごいち》は、雑賀衆の頭領鈴木佐太夫《さだゆう》の末子であると、地元では伝えられている。通称が「雑賀の孫一」である。

雑賀衆とは、戦国期の紀《き》の川《かわ》下流域の三里四方の平野である、雑賀荘《さいかのしょう》、中郷《なかつごう》、十ケ郷《じっかごう》、南郷《なんごう》、宮郷《みやごう》の五つの荘郷《しょうごう》に住んでいた、人口約七万の住民をいう。

現在の和歌山《わかやま》市が、ほぼその地域である。雑賀五組とも五搦《ごからみ》ともいう荘郷のうち、兵力、富力ともに最強とされるのは雑賀荘で、全雑賀衆一万の動員兵力の過半を占めていた。雑賀荘を率いる地侍は、鈴木佐太夫である。その居城は、和歌《わか》の浦妙見《うらみょうけん》山という標高七十メートルほどの岩山に置かれていた。和歌山市の南端に近いところである。

支城《しじょう》は、和歌山市の北を流れる紀の川に近い中之島《なかのしま》の中津《なかつ》城に置き、所領は七万石であった。

紀州では応仁《おうにん》の乱の頃から百年ほどのあいだ、絶えず争乱がくりかえされていた。紀伊国守護畠山氏《きいのくにしゅごはたけやま》の内紛にまきこまれた雑賀衆は、肉親が敵味方に分かれ戦う。

雑賀衆は紀の川河口の辺りが良港であるのを利用して、諸国へ交易に出かけた。

当時、紀州は大型貿易船の建造技術において、ぬきんでていた。

彼らは三百石積みや五百石積みの大船をつくる能力を持っている。造船に用いる樟《くすのき》は、紀州に豊富な木材で、いくらでも入手できた。

むしろ帆をあげて航海すれば、風向きが変わるたびに、ほうぼうで帆待ちをしなければならないが、それでも陸路の旅とはまったく違う快速で、運送できる商品の量が多い。

陸路であれば、馬の背に四十貫（約百六十キロ）も積めば、宿駅ごとに馬を替えねばならない。二百トンの貨物を運ぶには、荷船を使うほかに方法はない。

商品の価値は、百里（約四百キロ）離れた土地の産物を運ぶだけで、三倍にも四倍にもなる。需要度の高いものでは、さらに高い利益が得られた。

雑賀衆は利にさとく、貿易航路をふるくからひらいていた。もっとも利益を得られる航路は、種子島《たねがしま》へゆく黒潮に乗ることであった。

紀の川沖から船を出し、二十五里南下して黒潮に乗れば、三日間で種子島へ到着する。西南へむかう下り潮は三日に一度、上り潮は毎日かたときもなく流れていた。

種子島は海外貿易の拠点で、外国の珍奇な商品を買うことができる。雑賀衆は仕入れてきた珍品で、莫大《ばくだい》な利益を手にした。

天文《てんぶん》十二年（一五四三）八月、紀州小倉《おぐら》の雑賀衆・津田算長《つだかずなが》という地侍が、種子島に出向き、アルカブースというめずらしい武器を買った。漂着したポルトガル船に、二挺《ちょう》あったうちの一挺を持ち帰る。

それがはじめて日本に伝来した火縄銃《ひなわじゅう》であった。津田算長は紀州根来《ねごろ》の刀鍛冶《かじ》に、火縄銃を製造させ、実戦に威力を発揮できる銃身の長い銃をつくった。

銃身の尾栓《びせん》が内捻子《うちねじ》であったので、その製作に苦心したが、高度な技術を持つ刀鍛冶が、精巧な火縄銃をつくりだすのに、さほどの時日を必要としなかった。

二

二十年が過ぎた。

雑賀衆は日本最強といわれる鉄砲軍団となっていた。沸きかえるような下剋上の世情である。戦場に鉄砲という新兵器があらわれると、弓、投石器などを使っていた時代よりも、死傷者の数が桁ちがいに急増した。

おそるべき威力を発揮する鉄砲を自在に操る能力をそなえているのは、雑賀衆と根来衆であった。

ポルトガル・イエズス会司祭ルイス・フロイスは、根来衆についてつぎのように記している。

「根来の坊主《ぼうず》らは、はじめは高野山《こうやさん》の坊主らといっしょであったが、のちに分かれて他の宗派をたてた。

この坊主らは、日本の他の宗派とまったくちがう特徴がある。彼らは絶えず戦いをおこなうのを職業としていて、毎日矢をつくるさだめがある。

衣服は俗人の兵士とおなじ服装で、絹の着物を着ている。ゆたかであるので、剣と短剣には金の装飾をほどこしている。

頭髪は背中に長く伸ばし結んでいる。いばった見苦しい顔つきの彼らは戦闘能力に長じているので、常に火縄銃の射撃と弓術が好みで、日本の諸侯が京都附近《ふきん》で戦うときは、この坊主らを雇う。

その住居と寺院は、他の宗派よりすぐれていて、坊主の数は八千から一万である」

フロイスの記録は正しい。

根来山は真言宗《しんごんしゅう》中興の祖といわれ、空海の没後三百年を経て、高野山大伝法院《だいでんぽういん》、金剛峯寺《こんごうぶじ》の座主職《ざすしき》をつとめた覚鑁上人《かくばんじょうにん》がひらいた、新義《しんぎ》真言宗の本山であった。

千五百余といわれる山内の寺院に住む僧侶が、雑賀衆とならぶ、おそるべき鉄砲の火力をそなえる傭兵《ようへい》軍団となったのは、根来山の門前町に住む刀鍛冶、芝辻《しばつじ》清右衛門《せいえもん》がつくった火縄銃の操作に習熟したことによる。

雑賀衆と根来衆は、ともに日本全土にその戦力を知られていた。当時の大名が合戦をするとき、彼らを味方にできるか否かで、勝敗が決する。

この二勢力が手を組めば、織田信長《おだのぶなが》より先に天下を制する可能性はあったが、彼らは金にひかれて傭兵としてはたらき、莫大な金銀を手にするばかりである。互いが暗黙のうちに認めあい、双方の利権を侵害することはなかった。

火縄銃は、一挺米十五石といわれる高価な武器である。雑賀衆、根来衆のそなえる鉄砲は、一万挺を超えるといわれた。

彼らが火力において、上杉《うえすぎ》、武田《たけだ》、織田、北条《ほうじょう》ら、全国有力大名の追随を許さないのは、二十年間に鉄砲の使用に習熟していたためであった。

硝石、硫黄、木炭の粉をまぜあわせてつくる黒色火薬の調合は、材料がどれも吸湿性がよいので、春夏秋冬の季節の変化によって変えねばならない。

また、鉛弾の装塡《そうてん》にも秘伝があった。雑賀衆は「早合せ」という、紙でつくった薬莢《やっきょう》を用いていた。紙筒のなかに火薬と鉛弾がはいっており、筒の蓋《ふた》をあけ、銃口にあて、さかさにすれば中身の装塡が終る。

早合せを使うと、敵軍の馬が二町（約二百メートル）を走るあいだに一発しか撃てない鉄砲を、二発撃つことができた。二十四秒かかる装塡時間が、十二秒にちぢまる。

鉄砲を数百挺、非常な高値で買いこみ、経験の浅い鉄砲足軽が用いると、火薬がしめっていたり、早合せのなかで固まっていたり、弾丸の直径と銃口の直径が不具合であれば、撃つと弾丸は十間（約十八メートル）ほど先までしか飛ばないことになる。

それで、上杉謙信《けんしん》は騎馬隊の破壊力を、死ぬまで信じていた。武田信玄《しんげん》は、鉄砲射撃など、鳥おどしにすぎないと軽視した。だが畿内《きない》では、雑賀衆、根来衆の死神のような威力を、知らない大名はなかった。

だからこそ、合戦のとき、どれほど高い報酬をふっかけられてもかまわず、彼らを傭《やと》いたがった。敗北して破滅することを思えば、出費を惜しんではいられない。

雑賀五搦を代表する地侍は、和歌の浦妙見山城の鈴木佐太夫、虎伏山《とらふすやま》（和歌山市）に城を持つ土橋若太夫《つちはしわかだゆう》ら、四十余人であった。

彼らは海上交易と傭兵の成果により、莫大な金銀をたくわえていた。現世の繁栄を楽しみ、血なまぐさいおこないを悪事と思うこともなかった。とはいえ、雑賀衆が熱烈な浄土真宗《じょうどしんしゅう》の門徒であることは、世情にかくれもなかった。

彼らが門徒となったのは、応仁の乱が十年ほどつづいていた文明《ぶんめい》八年（一四七六）に、本願寺《ほんがんじ》八世蓮如《れんによ》上人が、大坂《おおさか》から海路をとり和歌の浦に上陸したときであった。

蓮如はきわめて分かりやすい法義を説いた。

「武士、百姓、芸人、商人、漁師など、罪ぶかいおこないをかさねて生きている者が、出家して修行しないでも、そのままで阿弥陀如来《あみだにょらい》をたのみ、念仏をとなえれば、浄土へお救い下さる」

雑賀衆は戦乱のなかを生きぬくために、悪鬼のようなおこないをあえてしていた。

現世の生活が苦痛と罪悪にみちていても、死ねば浄土へゆくことができる。念仏をとなえるだけでいいのだ。雑賀衆はなだれをうって浄土真宗に帰依《きえ》していった。

雑賀衆が、はじめて織田信長の軍勢と対戦したのは、元亀《げんき》元年（一五七〇）九月であった。永禄《えいろく》十一年（一五六八）信長が入京し、足利義昭《あしかがよしあき》を第十五代将軍の座につけ、京都に軍事政権を置いてから二年が過ぎていた。

信長にとって、もっとも強大な敵は、一向一揆《いっこういっき》と呼ばれる浄土真宗門徒であった。

門徒の数は、たしかには分からないが、全人口の半分といわれていた。日本最大の教団であるので、戦国大名たちは、わが領土のうちに、浄土真宗という自ら支配できない勢力を認めざるをえなかった。

大坂石山本願寺《おおさかいしやまほんがんじ》の第十一代法主《ほっす》の顕如光佐《けんにょこうさ》は日本の宗教王国の頂点にいて、「坊主将軍」といわれていた。日本の人口が千五百万人から千八百万人といわれていた時代である。

信長の領国尾張《おわり》にも、百三十ほどの末寺《まつじ》があった。末寺はそれぞれ寺内町《じないちょう》と呼ばれる地域をそなえている。末寺門徒の耕す田畑は、寺内町に組みいれられると、領主に払う年貢の十分の一を懇志《こんし》として石山本山へ寄付するだけでいい。領主の権力は寺内町に及ばなかった。

永禄五年（一五六二）徳川家康《とくがわいえやす》は寺内町から兵糧《ひょうろう》をとりたてようとして、大叛《だいはん》乱《らん》をおこされ、危うく死ぬところであった。

信長は、京都に軍事政権を置くと、日本の政教分離を実現させるには、大坂の石山本山をつぶさねばならないと考えるようになった。信長にしても、信玄、謙信にしても、彼らの動かす軍団のうち、武士はほんのひとにぎりの指揮官だけで、主戦力は百姓であった。

一向一揆も百姓である。大名は彼らに戦力においてとても敵《かな》わない。加賀《か が》門徒は長享《ちょうきょう》二年（一四八八）、三十万人（実際は七、八万）を動員して守護職富樫政親《とがしまさちか》を滅ぼしてのち、加賀を百姓の支配する国としていた。支配者は石山本山から呼んだ、大坊主であった。

大名といえども自領に存在する本願寺末寺と話しあって、百姓からとりたてる年貢を分けあわねばならない。

全国の一向一揆が同時に蜂起すれば、織田政権はおそらく滅亡したであろう。だが開祖親鸞聖人《しんらんしょうにん》以来、浄土真宗には敵と戦えという教えはなかったので、積極的には戦わない。

信長は全面戦争を望まない本願寺の方針を利用して、各個撃破の作戦で各地の一向一揆を平定してゆく方針をとった。

彼は、はじめからそんな気長な作戦をとろうとしたわけではない。元亀元年三月、信長は重大な要求を石山本山にもたらした。

「石山の地は西国への押えとして天下無双の要害である。ため、すみやかに将軍家へ引き渡されよ。石山を明け渡せば、昔、本願寺があった山科《やましな》の旧地を、替え地として与えよう」

石山本願寺は、全国門徒の聖地であった。どうして明け渡されようか。もし山科へ移転すれば、信長は弱体化した本願寺へ、たちまち襲いかかってくるにちがいない。本願寺は信長の要求をこばんだ。

信長は元亀元年六月、姉川《あねがわ》の合戦で浅井《あざい》（長政《ながまさ》）、朝倉《あさくら》（景健《かげたけ》）連合軍を撃破したのち、八月下旬に六万の兵を率い、大坂へ南下し、天王寺《てんのうじ》に本陣を置いた。本願寺の北西、野田《のだ》、福島《ふくしま》城にたてこもっている四国の豪族、三好《みよし》三人衆と呼ばれる反信長勢力の一万余人を討伐するための出陣と称しているが、そのように見せかけ、不意に方向を変え、本願寺を攻めるかも知れない。雑賀衆の頭領鈴木佐太夫は、末息子の孫一とともに、九月六日のうちに、和歌の浦から小早《こはや》と呼ばれる二十挺櫓《ちょうろ》の高速船で、石山本山に到着した。

孫一は鉄砲射撃の名手として知られている。雑賀衆の射手のなかでも、百人とは集められないという焙烙火矢《ほうろくひや》を撃つ手練では、指折りであった。焙烙火矢は竹の先に銅製の玉がついている。玉のなかに火薬と鉛玉をつめ、布で包みうるしを塗り、導火線に点火しておいて、矢竹《やたけ》を三十匁筒《もんめづつ》にさしこみ、発射する。目標の近距離から空中へまっすぐ撃ちあげ、反転して垂直に落して炸裂《さくれつ》させれば、敵に甚大な損害を与える。

雑賀衆の精兵と武器、硝薬を満載した荷船が、続々と木津砦《きづとりで》に到着していた。木津川口は、食糧、弾薬の荷揚げ場として、本願寺の命綱といえる重要拠点であった。

九月五日、顕如上人は雑賀衆に本山守護を命じた。

「野田、福島の三好党が敗北すれば、本山滅亡は目前にある。教団が破滅しないよう、忠節をつくしてもらいたい」

このとき雑賀衆の主力は三好党に傭われていた。根来衆の主力とともに、織田方ではたらく者もいた。金しだいで、どちらへでもつくのが傭兵である。だが石山本山の危急を知ると、彼らは何の報酬も求めず、持ち場を離れ、本山に駆けつけた。

信長は九月十二日から、野田、福島城攻撃をはじめ、織田勢は楼の岸《ろうのきし》（大阪市《おおさか》東区）の本願寺砦にも、さかんに鉄砲を撃ちかけてきた。本願寺では開戦をきめる軍議がひらかれ、鈴木佐太夫が主戦論を説いた。

その計略は十五日の朝、本山から守口《もりぐち》へ門徒兵二千人を稲刈りに向かわせる。そのあとをつけて雑賀鉄砲衆三千人が忍び出る。

門徒兵の稲刈りを織田方が発見し、攻撃してくれば雑賀衆の鉄砲が火を噴くのである。鉄砲衆の指揮者は、鈴木孫一であった。案の定、織田勢は門徒兵を発見すると、近江川《おうみがわ》（淀川《よどがわ》）の土手下を、まっくろになって押し寄せてきた。

孫一は丸い眼をむき、樹上で敵の動きをはかった。

「まだじゃい。もっと近寄せよ。まだまだ、それ、いまじゃ」

孫一が二連短筒《たんづつ》を発射すると、三千挺の鉄砲が咆哮《ほうこう》しはじめ、硝煙が濃くたちこめる。

織田方はたちまち四、五百の死傷者を出しつつも、ひるまず斬りこんでくる。織田の部将野村越中守《のむらえっちゅうのかみ》が、雑賀衆に首をとられた。

雑賀孫一は五百人の部下とともに、一万ほどの敵勢の横手にまわりこみ、ときの声とともに鉄砲を乱射しつつ、突っこんでゆく。織田勢が必死で態勢をたて直そうとしたとき、本願寺の早鐘《はやがね》がつき鳴らされ、野面《のづら》を埋める野良着姿の男女が、弓、槍、太刀をふりかざし、怒濤《どとう》のように襲いかかってきた。

織田勢の指揮をとる佐々内蔵助《さっさくらのすけ》は、足に銃弾をうけ、家来に背負われ、かろうじて逃げのびた。

信長の天満森《てんまがもり》（大阪市北区）の本陣は、夜になって放火されたので、やむなく後退した。

九月十六、十七の両日、本願寺方はまったく発砲しない。

信長は言った。

「石山の坊主は、浅井、朝倉と呼応いたしおるでやあらあず」

浅井、朝倉の軍勢が、姉川合戦の復讐《ふくしゅう》をするため、出兵を急いでいるとの通報がとどいていた。

信長は腹背《ふくはい》に敵をうければ、破滅のほかはないと判断し、将軍義昭に頼み、本願寺に停戦を命じる勅書を乞うた。朝廷は停戦の勅使を大坂へむかわせようとした。だが二十日に浅井、朝倉勢三万余が近江坂本《さかもと》の宇佐山《うさやま》城（滋賀県大津《おおつ》市）を攻め、守将森可成《もりよしなり》（蘭丸《らんまる》の父）と救援におもむいた信長の弟信治《のぶはる》が戦死したので、勅使は道中が危険と見て大坂下向《げこう》をとりやめた。

大坂で数々の敗北を喫した織田勢は、二十三日に退却、二十四日に下坂本に着いたが、浅井、朝倉勢は比叡《ひえい》山中に後退していた。

戦線が膠着《こうちゃく》状態になったので、ほうぼうで反織田勢力が動きだした。近江一帯の一向一揆が、織田方の城砦《じょうさい》攻撃をはじめる。

十一月なかばに長島《ながしま》門徒が決起し、長島に近い伊勢桑名《いせくわな》城を守る滝川一益《たきがわかずます》、尾張小木江《こきえ》城（愛知県愛西《あいさい》市森川《もりかわ》町）の信長の弟織田信興《のぶおき》への攻撃をはじめた。長島門徒は寺領十八万石を擁《よう》し、数万人を養える寺内町をもつ願證寺《がんしょうじ》を中心に結束していた。

小木江城は数日のうちに陥落した。

信長は窮地に陥ったが、北国路が雪で埋まってゆく十一月末、退路を失うのを怖れた浅井、朝倉との和睦《わぼく》がようやくととのい、破滅を免れた。

緒戦に織田勢を一蹴した雑賀衆は、三千挺の鉄砲によって、石山本山を護りぬくことができると楽観した。だが信長は蛇のように執拗《しつよう》で、想像もできないほどの強運の持主であった。

元亀三年（一五七二）十二月、浜松三方ケ原《はままつみかたがはら》の戦で、徳川、織田連合軍を一蹴した武田信玄が、二万五千の精兵を率い美濃《みの》へ侵入する直前、天正《てんしょう》元年（一五七三）四月に陣中から帰る途中病死したのである。信長の運勢は一変した。

将軍足利義昭は信玄の急死を知らず、その戦力をたのみ、七月三日に信長追討の兵をあげた。信長はたちまち将軍の軍勢を撃破し、義昭を追放して足利幕府を滅亡させた。

八月には三万の軍勢を率い、浅井長政、朝倉義景《よしかげ》を攻め、死に追いやった。伊勢長島願證寺の一向一揆は、元亀二年（一五七一）から信長の猛攻をうけていたが、天正二年（一五七四）九月、願證寺は陥落し、門徒二万人が虐殺された。

天正三年（一五七五）五月、武田勝頼《かつより》は長篠《ながしの》合戦で織田、徳川連合軍の火力のまえに大敗した。

さらに同年八月、織田勢は越前《えちぜん》一向一揆の門徒を虐殺した。殺された門徒は三万とも四万ともいわれた。

三

大坂石山本山は、織田勢の猛攻に堪えていたが、常時たてこもっている三万〜四万の門徒の兵糧が北陸から届かなくなった。北陸の兵糧船は日本海沿岸を西下し、瀬戸内から和歌の浦に入る。そこで小船に積みかえ、水深の浅い木津川口へ届けていた。北陸からの米の補給ルートが絶え、本願寺を支えるのは雑賀衆と毛利氏だけになった。

織田勢は毎年四月から五月にかけて、石山本山に何万とも知れない人数で、猛攻をしかけてくる。天正四年（一五七六）四月末、織田の陣中へ潜入していた忍者から、まもなく六、七万の大軍が押し寄せてくるという情報が入った。

雨の降りしぶく夜、雑賀衆の頭領鈴木佐太夫は、息子の孫一と話しあった。当時孫一は二十代半ばほどであろう、雑賀衆随一の指揮官として、信頼を集めていた。佐太夫はいった。

「お前も知っての通り、去年の四月、一昨年の四月の大いくさに見せた信長の軍略は、伏兵ばっかり使う奇手や。まともに斬りこんだら、どこもかしこも血の海や。あれだけ執念ぶかい奴は、殺さなんだら埒《らち》あかん。こんどの合戦で、なにがなんでもあいつを討ちとめよ。それができなんだら、こっちがやられるぞ」

無数の織田勢が住んでいた板葺《いたぶ》きの陣中小屋を、蟻《あり》の群れのような人夫たちが取りはらってゆき、夜になると灯火の海のようであった辺りは、動くもののいない闇に包まれた。

五月三日の朝、のちの世に石山合戦と呼ばれる激戦がはじまった。織田勢は明《あけ》智光秀《ちみつひで》らの指揮する二万の兵を、天王寺《てんのうじ》(四天王寺)の陣所から前進させる。門徒勢は猛射撃を加えたあと、刀槍《とうそう》をふりかざし突撃した。

石山本山から繰りだしてくる門徒勢は三万人といわれたが、実数はわからない。敵味方は入り乱れ、力をふりしぼって刀槍をふるい、織田勢はしだいに後退し、四天王寺へ逃げこむ。孫一は信長の本陣がどこにあるのかと、五百人の部下とともに敵中を探しまわったが、どこにもなかった。

孫一はそれまでに信長が黒羅紗《くろらしゃ》の南蛮帽をかぶり、馬上で采配を振る姿を幾度か見ていた。

信長本陣勢があらわれたのは、七日の朝であった。十町（約一キロメートル）ほどの距離に、永楽銭《えいらくせん》の信長の旌旗《せいき》が揺れながらあらわれ、雑賀衆の銃撃を浴びながら、密集隊形で襲いかかってきた。

信長は甲冑《かっちゅう》をつけていた。兜の金の前立《まえだて》が光る。孫一は五町ほど離れたところにいる信長勢に、右へ大きく迂回《うかい》して迫った。

「信長や、いけぇ」

孫一の部下は、射程のうちに入った信長をめがけ、三段に分かれ、雨のように銃撃を浴びせた。孫一はとどろく胸のたかぶりをおさえ、信長をめがけ、一発を発射した。

信長は身をかがめ、馬のたてがみにしがみつきながら、転げ落ちた。

「やった、やった。信長を落したぞ」

孫一は沸きかえる人馬の叫喚《きょうかん》のなかで、歓喜にわれを忘れた。

雑賀衆は門徒勢とともに力をつくして戦い、織田勢を追い退けた。

天正五年（一五七七）二月、信長は六万の大軍を雑賀荘征伐にむかわせた。雑賀五搦のうち、宮郷、中郷、南郷の三搦は、本願寺の将来を見限り、信長に通じた。

だが雑賀荘と、紀の川北岸の十ヶ郷は、織田勢を迎撃した。鈴木佐太夫と孫一父子は、石山本願寺と運命をともにする覚悟をきめていた。そのうえ、信長には絶対に負けないという、楽観が心に根をすえている。

本願寺顕如上人は雑賀衆を救うため、毛利輝元《もうりてるもと》、上杉謙信に上洛して織田政権を討滅するよう依頼し、両者は応じた。その情報を知った信長は、雑賀荘へ乱入したが、住民を虐殺することなく、雑賀孫一以下の雑賀荘年寄衆《としよりしゅう》に赦免状を与えただけで、引きあげた。実際は和睦であったといわれる。

雑賀衆の猛烈な鉄砲射撃による被害が甚大で、和議にもちこむよりほかに、手段がなかったのである。関戸《せきど》矢《や》の宮《みや》（和歌山市）で、戦いに勝ったよろこびの踊りを孫一が見せたのは、このときである。片足でササラのように刃の欠けた二本の刀を摺《す》りあわせて踊ったので、ササラ踊りとして地元に伝えられている。

雑賀衆は火力と富を背景としていた。天正八年（一五八〇）閏《うるう》三月、元亀元年以来信長の攻撃に屈しなかった門徒勢の努力も空しく、本願寺顕如は朝廷の和睦勧告に応じ、翌月、石山本山を出て海路をとり、紀州鷺森《さぎのもり》（和歌山市）へ移り、新本山とした。

四

雑賀衆はその後も絶大な火力集団の力をそなえ、全国の浄土真宗門徒との間に、連絡網をめぐらしていた。信長が本能寺で横死したのち、羽柴秀吉《はしばひでよし》が接近してきた。このとき雑賀衆と国人《こくじん》門徒は、秀吉に従っておけば、戦国大名として生き残れたかも知れない。

だが彼らは巨大な秀吉政権に歩み寄らず、武士に対抗する百姓町人集団の中核として、独自の道をとろうとした。

天正十三年（一五八五）三月、秀吉は十三万の大軍を根来、雑賀の勢力を討滅するためにさしむけた。浜側六万余、山側六万余の兵で攻撃した。

土佐《とさ》の長宗我部元親《ちょうそかべもとちか》と根来、雑賀が組んで、大坂城を攻撃しかねないいきおいを見せたためである。このとき雑賀衆は大坂岸和田《きしわだ》に本山を移した顕如上人に見捨てられていた。

羽柴勢は三月二十一日に戦闘を開始し、猛烈な銃砲撃で甚大な被害をこうむったが、根来寺を攻略し、二千七百の堂塔《どうとう》伽藍《がらん》を、三日間ですべて焼いた。

雑賀荘は根来が陥落したあと、十三万の大軍が押し寄せてくると、ひとたまりもなく潰滅した。鈴木佐太夫は粉河《こかわ》（和歌山県紀の川市）で降伏したが、寄せ手の藤堂高虎《とうどうたかとら》にだまされ、自殺した。雑賀の孫一こと鈴木孫一の消息は、伝わっていない。

石川五右衛門

秀吉の命も狙った？
大泥棒

一

石川五右衛門《いしかわごえもん》は、文禄《ぶんろく》三年（一五九四）に、京都三条橋《きょうとさんじょうばし》南の河原で釜煎《かまい》りの刑に処せられた。日本国中に比類のない大泥棒であったという、伝説の人物である。

彼が実在していたという史料はいくつかある。山科言経《やましなときつね》という公卿《くぎょう》の日記『言経卿記』の文禄三年八月二十四日の頃に、つぎのような記載がある。

「盗人《ぬすっと》、すり十人と子供一人が昨日、三条橋南の河原で釜煎りの刑で処分された。ほかに一味の者十九人が磔《はりつけ》にかけられて死んだ。見物人が山のように群れ集った」

五右衛門を逮捕したのは、京都所司代《しょしだい》前田玄以《まえだげんい》であった。

北条《ほうじょう》氏の遺臣三浦浄心《みうらじょうしん》は、慶長《けいちょう》十九年（一六一四）に『慶長見聞集《けんもんしゅう》』という史書をあらわしたが、そのなかにつぎのような内容の記録がある。

「秀吉《ひでよし》公が在世の頃、全国の大名が京都、伏見《ふしみ》に屋敷を構え、一帯は政治経済の中心として繁栄していた。

石川五右衛門という大泥棒が、いつのまにか伏見あたりに大きな屋敷をつくって住み、大名のような生活をしていた。

昼は国主大名と見られるほどの立派な乗物に乗り、大勢の家来に槍《やり》、薙刀《なぎなた》、弓鉄砲を持たせ、表通りを練り歩き、昼間に目星をつけておいた豪家に強盗として乱入して、治安をしきりに乱した」

当時の強盗は他人から財宝を奪うとき、持主の命まで奪い取るのを常としていた。戦国期のすさんだ気風は、徳川《とくがわ》時代の中頃まで残っていたといわれる。

徳川幕府の儒官林羅山《じゅかんはやしらざん》が編集した『豊臣《とよとみ》秀吉譜《ふ》』に、五右衛門の短い記載がある。内容は同じようなものである。

「文禄の頃に、石川五右衛門という者がいて窃盗、強盗をはたらき、世間をしきりに騒がした。秀吉は所司代らに命じて彼らを追い、ついに五右衛門を捕えた。

五右衛門とその母、同類二十人ほどを三条河原で煮殺した」

五右衛門処刑についての記録は、スペイン人貿易商アビラ・ヒロンが日本に滞在していたあいだの見聞録『日本王国記』にも記されている。

文禄元年（一五九二）、豊臣秀吉はマニラ総督に、日本への入貢《にゅうこう》を命じた。日本の武力を怖れる総督は、宣教師の一団を使節として三度にわたり派遣してきた。

アビラ・ヒロンは三度めの使節団に加わり、文禄三年（一五九四）八月二十七日に長崎《ながさき》に近い平戸《ひらど》港に着いた。彼は京都へむかう宣教師たちと別れ、長崎、島原《しまばら》、薩摩《さつま》へ廻遊《かいゆう》し、一時は東南アジアに移ったが、また日本にきて、元和《げんな》五年（一六一九）まで、滞在していた。

彼は長期にわたる日本滞在の体験に日本人の伝承・文書・宣教師たちの見聞を加え、『日本王国記』という大冊をあらわした。石川五右衛門についての記述は、おそらく伝聞によったものであろうと推測されるが、西欧人本来の具体的かつ詳細な内容である。

その大要は、つぎのようなものである。

「京都で盗賊の集団が横行して、財宝を得るために、世間を騒がすほどの大規模な殺人をおこなった。

京都、伏見、大坂《おおさか》、堺《さかい》などの繁華な市街の道路では、夜が明けると斬《き》り殺された被害者の屍体《したい》が、至るところに転がっていた。

市中の役人たちは盗賊の正体をつきとめようと懸命に足跡をたどり、苦心をかさねた結果、ようやく彼らの幾人かの行動をつきとめ、捕えることができた。彼らは昼間に実直な商人の姿で偵察をおこない、夜になると目をつけていた所を襲撃した。犯罪の全貌《ぜんぼう》をつきとめるため拷問がおこなわれ、苦痛に耐えかねた盗賊たちは、仲間の組織を自白した。

犯罪者の頭目《とうもく》は十五人、それぞれ三十人から四十人の部下を率いていたので、軍隊組織と言ってもいい機能をそなえていた。

十五人の頭目は生きたまま油で煮て殺された。その妻子、父母、きょうだい、親族は、磔にされ処刑された。国法を犯すことを承知のうえであったためだ」

この記述に注をつけたのが、おなじスペイン人のイエズス会宣教師、ペドロ・モレホンであった。彼はアビラ・ヒロンより四年早く日本にきて、大坂、堺から北陸《ほくりく》に至るまで布教活動をおこない、京都の修道院長となった。徳川政権になってのち、慶長十九年（一六一四）に、高山右近《たかやまうこん》らとともにマニラへ追放された。

モレホンは『日本王国記』の写本を持っていて、それをローマへ持ち帰った。そのなかに、彼の注記がつけ加えられていた。

「この出来事は文禄三年夏におこった」

アビラ・ヒロンは、文禄四年に処刑がおこなわれたと記していた。モレホンはつけくわえる。

「油で煮られたのは、ほかでもなく、イシカワ・ゴエモンとその家族九人か十人であった。彼らは兵士のような身なりをしていて、十人か二十人が磔になった」

モレホンは五右衛門らが処刑されたときに、京都の修道院長をしていたので、現場を見ていたのではないかといわれている。

日本の支配者豊臣秀吉に対抗して、京都、伏見、大坂を荒らしまわった大泥棒石川五右衛門の名は、全国にひろまった。

五右衛門が秀吉の気に障るほどの、どのような盗みをはたらいたかということは、すべて推測にとどまっている。

京都で書家、陶工、蒔絵《まきえ》師、画家、刀剣の鑑定・研磨・浄拭《ぬぐい》を業とする本阿弥《ほんあみ》光悦《こうえつ》の孫、光甫《こうほ》が家風を子孫に伝えるために記した『本阿弥行状記』に、五右衛門に触れたくだりがある。その内容のあらましは、つぎのようなものである。

「秀吉公在世の時分に、石川五右衛門という盗賊が京中をさわがしていた。彼は光悦の父光二が当主であったとき、蔵をやぶって納めていた貴重なものを、すべて奪っていった。諸大名家から預かっていた太刀、脇差《わきざし》も多くあったので、光二は嘆いた。預かった物を盗まれては、面目がたたないというのである。

妻の妙秀《みようしゆう》が夫をなぐさめていった。当家へ刀を預けるほどの武家は、皆世間に名の聞えた身分の人ばかりで、盗まれたわけをうちあければ、ぜひ返せとは申されませぬ。

見舞いにきた人々は光二の気をひきたてようとしていう。盗賊は世に隠れもない名刀ばかりを持ち去ったが、じきに悪事が露顕してつかまる。本阿弥家へ盗みに入ったことが、身の破滅になるだろうと。(下略)」

五右衛門の刀泥棒についての話は、ほかにもある。

秀吉が伏見城にいる頃は、毎月一日と十五日に、諸大名がご機嫌伺いに登城し混雑する。そのときに城内へまぎれこみ、刀置き場で名刀と鈍刀をすりかえてくるのである。大胆不敵な五右衛門は、くりかえし大名の佩刀《はいとう》を盗むが、誰にも気づかれなかった。

大勢の登城者のうちで、誰かが佩刀をまちがえて持ち去ったのであろうと、あきらめてしまうのである。刀ぐらいのことで騒ぎたてれば、秀吉の不興を買うことになりかねない。

そのうちに、浅野左京大夫幸長《あさのさきょうのだゆうよしなが》が佩刀を何者かにすりかえられたことに、気づいた。そののち彼は殿中へ入るとき、玄関で太刀を腰から外して家来に預け、脇差だけを腰にして伺候《しこう》した。諸大名はすべて幸長を見ならい、大広間の刀置き場に佩刀を置かないようになったという。

二

五右衛門の出自は、まったく分からない。遠州浜松《えんしゅうはままつ》（静岡《しずおか》県浜松市）、河内石川《かわちいしかわ》村（大阪府南河内郡河南《かなん》町）、丹後伊久知《たんごいくち》城（京都府与謝《よさ》郡与謝野町）などいろいろとあるが芝居、浄瑠璃《じょうるり》の作者のつくりあげた虚構であることが多い。

ところが、三重県伊賀《いが》市の郷土史研究家で、新人物往来社より『忍術　その歴史と忍者』という著書を発表されている奥瀬平七郎《おくせへいしちろう》氏は、石川五右衛門が伊賀出身であることを、裏付ける考証をされている。

石川五右衛門が、伊賀の上忍《じょうにん》、百地丹波《ももちたんば》の家来であったという伝説は、伊賀全域に残っているというのである。

伊賀には、百地屋敷が三か所にあり、その在所にはすべて五右衛門伝説がいい伝えられている。

五右衛門が百地のもとを離れたのは、主人の妻あるいは妾《めかけ》と密通して、それが露顕しかけたので、女性を斬り百地屋敷の井戸へ投げこんで逐電したというのである。

奥瀬氏は、密通の伝説はつくり話であると見ている。五右衛門が五百人前後の部下を指揮しての盗賊行為は、百地との黙契のもとにおこなわれたものであるというのである。

五右衛門が捕えられたとき、百地との関係はすでに断たれていたことを立証するため、このような椿事《ちんじ》があったことにしていたと奥瀬氏は見る。

北伊賀の柘植《つげ》（伊賀市）は、下柘植の木猿《きざる》、小猿《こざる》という高名な忍者を出した村である。近所には伊賀忍者を代表する人々がいた。

楯岡《たておか》村（伊賀市）には楯岡の道順《どうじゅん》という名人がいた。彼は四十八人の配下を率い、戦国期に大活躍をした。近江守護六角承禎《おうみしゅごろっかくじょうてい》の部将であったが叛逆《はんぎゃく》した百々《どど》という侍の居城、佐和山《さわやま》城に忍び入り、火を放って六角勢を城内へ引きこみ、落城させたのである。

道順はこのとき、つぎの歌をよんだ。

　佐和山に百々ときこゆる雷も　伊賀崎入れば落ちにけるかな

道順の本姓は伊賀崎であった。

新堂の小太郎は旧阿山《あやま》郡西柘植村（伊賀市）にいた忍者で、楯岡の道順に比肩する腕であった。

伊賀丸柱《まるばしら》村（伊賀市）の音羽《おとわ》という山間の在所に住んでいた音羽の城戸《きど》は、織田信長《おだのぶなが》の伊賀攻めのとき信長本陣に接近して鉄砲を撃ちかけたといわれている。

これらの忍者が住んでいた村落に囲まれたまんなかに、石川という集落があり、奥瀬氏はそこが五右衛門の生地であると推測した。

そののち伊賀市上野図書館で、石川五右衛門について書かれた江戸《えど》時代中頃の小説『賊禁秘誠談《ぞっきんひせいだん》』が発見され、書中に五右衛門が伊賀国石川で生まれたとあったので、奥瀬氏の推測は裏付けを得た。

五右衛門が釜煎りの極刑をうけたのは、太閤《たいこう》秀吉暗殺をくわだてたためであるといわれる。なぜそのような説が流布されたのかといえば、五右衛門にはただの大泥棒ではないと思える気骨がそなわっていたためであった。

江戸中期に『翁草《おきなぐさ》』という随筆集が刊行された。それまでの伝説、奇事、異聞をあつめたものであったが、そのなかに五右衛門についての挿話が記載されている。

五右衛門が処刑されるために牢屋《ろうや》からひき出され、三条河原へむかう途中の道には、見物の人垣ができていた。

突然、群衆のなかから二十五、六の年頃の若衆があらわれ、五右衛門をひきたててゆく縄取り役人を一太刀で斬り捨て、大声でいった。

「いかに五右衛門殿、日頃のご芳情に報ゆる寸志はご覧の通りでござる」

若衆はそのまま群集のなかに姿を隠し、逃げ去ってしまった。

若衆の素性はのちに分かった。当時、強盗団の首領であった伴間《はんま》の土兵衛《どへえ》の股肱《ここう》としてはたらいた男であった。

彼は加藤清正《かとうきよまさ》に仕え、武勇の名を知られ田中兵助と名乗っていたが、清正の処遇にあきたらず、「目のあかぬ主人なり」と罵《ののし》って隈本《くまもと》（熊本）城下を去り、のちに池田輝政《いけだてるまさ》に三千石で召し抱えられた。五右衛門は、このような器量のある者に心を寄せられるほどの、魅力をそなえていたのである。

寛政《かんせい》九年（一七九七）から享和《きょうわ》二年（一八〇二）のあいだに、大坂で売り出された『絵本太閤《たいこう》記』は、五右衛門の生涯をおもしろくつくりだした。

無法者たちの群れを率い、大名の居館を襲い金銀を奪いとっては貧しい人々に分け与える義賊として、めざましいはたらきをする。

幕府の上使に化け、大名から三万両、二万両とかたり取る。

身辺が危うくなると、紀州《きしゅう》の新義真言《しんぎしんごん》宗総本山根来寺《ねごろじ》の五重塔に隠れ住む。捕《とり》手《で》に包囲されると、数十丈の高さの相輪《そうりん》の上から鉄鎖をつかんで振り子のように身を揺らし、空中を飛んで寺内の松林のなかへ下り立ち、逃げうせる。

京都に戻ってきた五右衛門は、内裏の女官にたわむれようとして、公卿の衣冠を盗み、隠身《かくれみ》の法で忍びこむ。だが三種の神器の威光にうたれ、忍びの技がつかえなくなって逃げ帰った。

やがて関白秀次《かんぱくひでつぐ》の家臣木村常陸介《きむらひたちのすけ》に秀吉暗殺を依頼され、伏見城に忍びこみ、寝所まで入ったが、凶事のときに啼《な》き声を出すという千鳥《ちどり》の香炉が声をあげ、五右衛門は城中を警戒していた豪傑の仙石権兵衛《せんごくごんべえ》（秀久《ひでひさ》）、薄田隼人《すすきだはやと》らに取りおさえられ、釜煎りの刑に処せられる。

釜煎りは油で煮立てるのだから、人間の空揚げである。きわめて残酷な刑罰であるが、戦国時代ではめずらしいものではなかった。

人を斬殺するのに慣れてみると、もっとむごたらしい処刑をしなければ、敵を怖れさせることができない。それでさまざまな手段で、罪人にできるだけ重い苦痛を与えて死なせようとした。

眼球をくりぬき、舌をぬく。四頭の牛に手足をくりつけ、むちをふるって四方へ走らせ、体を引き裂く。釜煎りにする。臼でひきつぶしてしまう。

ポルトガル・イエズス会司祭ルイス・フロイスは、天正二十年（一五九二）六月、秀吉が彼に叛逆した梅北国兼《うめきたくにかね》という武将の妻を名護屋《なごや》城（佐賀県唐津《からつ》市）内の内庭で、処刑したときの様子を記している。

「兵士たちが朝鮮へ渡海し、秀吉が名護屋に滞在しているあいだに、梅北と称する薩摩国の一人の殿が、かねて世相を不快に思っていたところ、突然絶望した者

のようにわが運を試そうと思いたち、部下とともに肥後国《ひご》へ侵入した。（中略）

この事件において、秀吉は大きな残虐と不正なふるまいをした。すなわち、彼は梅北の妻を捕えさせた。彼女は薩摩の屋敷にいて、事件についてなにも知らなかった。

だが名護屋城の広い内庭で、城内のすべての貴人が見ている前で、うしろ手に縛られ木にくくりつけられ、生きながらに焼き殺された。

この婦人は異教徒でまだ若く、性質は善良であったにもかかわらず、そのような残酷な状態におかれ、あまり火勢のつよくない火にあぶられ、苦痛が長びくようにしむけられた。

その場で目撃した多くの人たちがのちに語ったところによると、彼女はふしぎなほど勇気を失わず、はじめから眼を見ひらき地面を見つめ、身動きもせず悲鳴や嘆声をあげることもなくそのまま焼かれ、灰と骨になるまで不動の姿を保っていた。

そのさまを見ていた人々は、おおいにおどろかざるをえなかったのである」

この記述は、釜煎りにまさるとも劣らない、むごたらしい処刑を想像させる。

秀吉の時代は、敵をできるだけ長いあいだ苦悶《くもん》させて死なせるために、さまざまの工夫をしていたようである。

罪人を裸にして、手足を長い棒にくくりつける。棒の両端を支柱に置き、罪人は背を地面に平行にして宙に浮かされる。背中から三尺ほど下に炭火が置かれ、熱気がじりじりと迫ってくる。背中の皮膚が焼けただれ、脊柱《せきちゅう》、骨がむき出しになってくる。

神経の束が通る脊椎《せきつい》をトロ火であぶられる苦痛は、一太刀で斬首されるのとは、比較にならない深刻なものであった。

空揚げにされて死んだ五右衛門の最期の姿も、凄惨《せいさん》きわまりないものであったであろう。

正徳《しょうとく》二年（一七一二）、近松門左衛門《ちかまつもんざえもん》は『傾城吉岡染《けいせいよしおかぞめ》』という浄瑠璃をつくった。作中では五右衛門が京流剣術の実力家吉岡憲法《よしおかけんぽう》の弟子となって、窮乏した師匠のために盗みを働いたのが、大泥棒になるきっかけであったとされる。

刑場の大釜に憲法の幼い息子とともに入れられた五右衛門は、首をさしのべ黒山の見物人に笑みをうかべ声をかけた。

「皆々念仏頼みます」

近松門左衛門は、そのあと死に至るまでの五右衛門と憲法の姿を鮮明に描きだした。薪《たきぎ》の火焔《かえん》にあぶられた油が沸きはじめると、蓋《ふた》の穴から五右衛門と幼児がかわるがわる顔を出し、熱い熱いと叫ぶのである。

「釜のなかより五右衛門が引込めば顔出し。引入るれば顔出し、熱《あつ》や熱やと二三度は悶《もだ》へしが。次第に猛火盛んにして、薪の煙《けぶり》、炭煙、油の沸く音どうどうどう。煎り付《つけ》ば又つぎ入、湯煙雲に渦巻き上り。蓋の隙々ほどはしる油はさながら熱鉄の。氷柱《つらら》を下げたるごとくにて、おもりの石もどろどろどろ。躍り上るばかりなる焦熱地獄大焦熱の。苦しみも目前に恐ろしかりける有様なり」

近松の描写は現実感に満ちている。

役人たちがもはや死に果てたであろうと釜の蓋をあけると、五右衛門はまだ生きていた。

「油煙四方を暗ませる。なかより五右衛門焼け爛《ただ》れ、ぬっといでたる有様は、すさまじくもまた哀れなり」

五右衛門は師の憲法の声に応じ、全身焼け爛れた姿をあらわし、子供の煎りつくされとろけた死骸《しがい》をつかみ、さしあげた。

見物人たちは嘲った。

「五右衛門といわれるほどの男でも、熱さにたえかね、師の子を下に敷いたのか」

五右衛門はたちまちはげしく言い返した。

「やい、あんたらの大馬鹿ども。この子を下に敷いたりとて命生きる五右衛門か。主の子なればいたわしさに、苦痛をさせず殺さんと思うで下に敷いたわやい。骨まで通る煮え油に煎りつけられて、このような思案が出るものが出ぬものか。おのれらここに入ってみよ」

三

五右衛門の生きた戦国期の盗賊は牢人《ろうにん》くずれが多かった。

関ケ原《せきがはら》合戦で、西軍大名が家康《いえやす》によって所領六百八十万石を没収された。このとき扶持《ふち》を失い衣食に窮した牢人が、諸国に溢れた。

江戸幕府が創始された翌年の慶長九年（一六〇四）九月二十三日、加賀金沢《かなざわ》城下に高札が立った。内容はつぎのようなものであった。

「去る十日の夜、上方よりきたる商人を殺害して、死骸を堀のなかへ投げ捨てた者がいる。前代未聞の悪事である。

もし犯人を知っている者がいれば、早々に届け出よ。たとえ同類であってもかまわない。金子《きんす》二十枚（二百両）を与えよう」

金沢城石川門の北側、百間堀《ひゃっけんぼり》の北端で、京都からきた呉服商人の屍体が水中に浮かんでいた。その辺りは昼間でも人通りがすくない。門際番所の足軽《あしがる》が道の掃除に出て、発見したのである。

御小人目付《おこびとめつけ》が検視をして、屍体の切りくちを見ておどろきの声をあげた。

「これはよほどの業前《わざまえ》の者でなくば、できぬ太刀筋じゃ」

戦場往来の経験をかさねてきた侍たちにとって、下手人の腕前がただごとではないとひと目で分かった。

屍体の左の肩口から袈裟《けさ》に斬りこみ、ほとんどみぞおちに達するほどの一撃で、商人の息の根をとめていた。

目付は下役を城下の四方へ配置し、他国への街道口、関所を閉鎖させた。犯人は他国から流れてきた牢人だと目付は判断した。

「悪事をはたらきし奴ばらは、まだ城下に潜みおるにちがいない。かならず捕えて首を刎《は》ね、みせしめといたせ」

目付下役は五人ひと組で、城下の見廻《みまわ》りをする。

下手人は商人が持っていた金を奪い、ひさびさに茶屋、風呂屋で遊興しているであろうと、目付下役らは怪しい他国者の牢人を十数人、番所へ連行して取り調べるが、腰の大小と血曇り、刃こぼれがなかったので、やむなく釈放する。

日が暮れてのち、下役たちは槍、鉄砲を持ち、五人ずつ城下を見廻った。彼らは周囲に警戒の眼をむけて歩く。鉄砲には弾丸硝薬を装塡《そうてん》し、腰に吊《つ》るした輪火縄に火を点じていた。

子《ね》の刻（午前零時）の時鐘を聞いてまもなく、百間堀の辺りへ通りかかった目付下役の一団が、行く手から聞えてくる悲鳴を聞き、足をとめた。

「助けてくれぇ。助けて」

闇中《あんちゅう》で声をふりしぼって叫んでいる。

下役たちは槍を構え、刀を抜く。鉄砲はいつでも撃てる支度をととのえた。

走り寄ってきたのは町人であった。寝間着の帯がとけたまま、息をきらせていた。

「こりゃ待て。何事じゃ」

下役たちに呼びとめられた町人は、土下座をして泣きわめく。

「どうぞお助けをおたの申します。泥棒がうちに入ってきて、女房と息子を殺しおったのでござります」

「なに、曲者《くせもの》はどこにおるか」

「うしろから追うて参りまするっちゃ」

下役たちは、おどろき身構えた。

「泥棒は一人で、部屋に押し入ってくるなり眼のまえに蛍火のようなものがスーと戻ったと思ったとたん、敷居際に寝ていた女房と子の首が飛んだのですっちゃ。夢中で縁先から庭へ飛び下り、枕もとに置いていた巾着《きんちゃく》を思いだし、とりに戻ろうとしましたが、泥棒はそれをとって懐へねじこんでおりました」

「さようか、そやつは捕えるよりも斬りすてたほうがよさそうだな」

合戦の経験をもつ下役たちは、泥棒が容易ならない敵であると察した。彼らは町人の家へむかう。充分に用心していたが、堀端から小路へ入りこもうとしたとき、突然曲者が猿のように飛びかかってきた。

先頭の下役が鉄砲を発射したが命中せず、額際から一刀両断に刀を打ちこまれ、地面に転がる。曲者は腕に覚えのある下役二人を瞬時に斬り倒した。残る二人は、あまりのことに胆を奪われ、夢中で逃げた。

御小人目付は椿事の報告をうけると足軽三百余人を動員し、市中警戒にあたらせた。百数十か所の町木戸を閉めたので、曲者を逃がすことはない。夜があけ、四つ（午前十時）頃二つの川魚の籠を天秤棒《てんびんぼう》でかついだ男が、犀川《さいがわ》橋詰番所の前を通りかかった。

足軽がなにげなく呼びとめた。

「こりゃ、顔を見せよ。頬かむりをとれ」

男は籠を地面に下ろしたが、そのまま動かない。足軽が怪しみ、足を踏みだしかけてこめかみに火のような天秤棒の一撃をうけ、水面にしぶきをあげて落ちた。

男は番所から走り出た数人の足軽をまたたく間に打ち伏せ、橋際の薬膳問屋へ逃げこんだ。男は問屋の大屋根にあらわれ、大勢の足軽を率いて立つ御小人目付の前に飛び下り、見物の群集にまぎれ、川沿いの土手を逃げた。男は行く手をさえぎられると町屋のあいだへ駆けこみ、叫んだ。

「さて、これにて仕舞いのはたらきじゃ」

彼は足軽から奪いとった刀をふるい、体を独楽《こま》のように回転させ、幾人かを斬り倒し、逃げ去ろうとしたが、突然横から突き出した槍に胴をつらぬかれ、動きをとめた。

御小人目付が瀕死《ひんし》の男のそばにしゃがんで聞く。

「おのしは、いずれの者じゃ」

かすかな返事が聞えた。

「わしは佐和山《さわやま》の者じゃ。石田治部少輔《いしだじぶしょうゆう》さまに仕えしが、いまは名乗るまい」

男はそのまま息絶えた。

この男の行動は、なんとなく石川五右衛門に似ている。残忍であるが虚無的で、わが才能を社会の表舞台で発揮できないまま、意地を押し通して自滅してゆくもろさが、世人の共感を誘うのである。

山師の頭領となり
鉱山発掘で
巨万の富を得る

大久保長安

一

大久保長安《おおくぼながやす》は天文《てんぶん》十四年（一五四五）、甲斐《かい》武田《たけだ》氏で金春座《こんぱるざ》の猿楽師《さるがくし》をつとめる、大蔵大夫《おおくらたゆう》の次男として生まれたという。

頭脳明晰《ずのうめいせき》だった長安は武士にとりたてられ、蔵前衆《くらまえしゅう》という税務、経済、鉱山経営の実務につく。そのうちに頭角をあらわし、重用《ちょうよう》されるようになった。家老土屋《つちや》氏の姓を与えられたのは、よほど抜群の力量を認められたためであろう。

天正《てんしょう》十年（一五八二）に武田氏は滅亡、甲州《こうしゅう》は徳川《とくがわ》の領土となった。家康《いえやす》は武田の官僚組織を活用した。長安は徳川家の重臣、大久保忠隣《ただちか》に才能を認められ、姓を土屋から大久保に改称する。

甲州を支配する家康のもとで、代官として切れ者ぶりを発揮した長安は、家康が天正十八年（一五九〇）に豊臣秀吉《とよとみひでよし》の命令により関東へ国替えとなって後、検地奉行の重職についた。

武蔵国《むさしのくに》八王子《はちおうじ》（東京都八王子市小門町《おかどまち》）に陣屋を設けた長安は、検地と旗《はた》本諸侍《もとしょざむらい》の知行《ちぎょう》割りをおこない、八王子・青梅《おうめ》・桐生《きりゅう》の町割りをも実施した。長安の検地は「大久保縄《なわ》」と呼ばれる独得の方法でおこなうもので、それが幕府検地の定法《じょうほう》となった。

慶長《けいちょう》五年（一六〇〇）、関ケ原《せきがはら》合戦に際してのことである。徳川旗本勢の小荷《こに》駄隊《だたい》が大混雑し、通行が渋滞して困難な状況に陥ったとき、長安は奉行として巧みに難局を処理し、家康の評価を高めた。

家康が将軍となり、江戸に幕府を開いた慶長八年（一六〇三）、長安は従五位《じゅごいの》下石見守《げいわみのかみ》に叙任され、家康直属の奉行となった。

長安は諸国の金銀鉱山の開発で、世人の眼をみはらせるような成果を挙げたことで知られている。彼が家康に、全国的な鉱山開発にとりかかるよう進言したのは関ケ原合戦に勝利した後だった。

「金銀のたくわえというのは、御領地の百姓どもから高い年貢をとり、それを売ってこしらえるか、あるいは通行税をむりやり多くとりあげるか、この二つのほかに手段はありません。

しかし、そんなことをしては御領内の万民は迷惑をいたします。御政治にお心を傾けられ、家来たちを多くお召し抱えなされては、どうしても金銀のたまるわけがありません。

この点について、私には考えがあります。御領地諸国の山々をあらためて検分すれば、金、銀、銅、鉄、鉛などを産出する山は必ずあるでしょう。熟練した山師《やまし》、金掘り人足を呼び集め、掘らせたいと思います。もし金銀を多く産出すれば、国の賑《にぎ》わいとなり、土中に埋もれた宝を掘り出して御用にあてるのは、万民に迷惑をかけることにもならず、重宝なことと存じます」

長安は武田の家臣である頃から、鉱山の経営にかかわっており、自信があった。家康は慶長六年（一六〇一）、毛利《もうり》氏の旧領石見銀山（島根県大田《おおだ》市）を直接開発することに決め、長安を奉行に任じた。長安が石見国の住人で敏腕な山師であった安原伝兵衛《やすはらでんべえ》を起用したところ、幕府に納める運上銀《うんじょうぎん》が年間三千六百貫《かん》に達したという。家康はおおいに喜び、伝兵衛に御目見《おめみ》えを許した。伝兵衛は天下の長者といわれるほどの財をたくわえ、従う人足は千人を超えていたという。彼は家康に拝謁したのち、備中《びっちゅう》と名乗ることを許された。

二

家康は関ケ原の戦いの後、上杉《うえすぎ》領であった佐渡《さど》鉱山を自領としていた。慶長八年七月に、佐渡代官中川主税《なかがわちから》と吉田佐太郎《よしださたろう》が、突然領民の年貢を五割増しにしたので、領民は江戸幕府に二人の暴政を訴え出た。長安を佐渡奉行に任命しようと考えていた家康は、上訴を取りあげ中川を切腹させ、吉田の家を断絶させた。佐渡奉行に任命された長安は、家康の期待に応える。

佐渡の鉱山には、幕府が直接採掘にあたる「直山《じきやま》」と、山師が幕府に税を支払い自分たちで経営する「自分山《じぶんやま》」とがあった。直山の坑道は三十六本あった。長安は甲斐、信濃《しなの》、美濃《みの》、越後《えちご》、伊豆《いず》、大和《やまと》、近江《おうみ》、石見などに代官を派遣し、鉱山開発や林業経営に大活躍していたので、山師たちを掌握している。かつて縦穴掘りで採鉱したものの、水が湧いてきて廃坑になっていた鉱山を見ると、長安配下の熟練した山師たちは舌なめずりをした。

「殿さま、これはまだまだお宝を産み出すお山ですぜ」

長安は笑って答える。

「そうだろう。横穴を掘って水銀流しをかけてやれば、いくらでも出てくるに違いなかろう」

排水しやすい横穴掘りを始めると、鉱石が無尽蔵に出てくる。家康は長安に奉行を任せた後、佐渡の金銀産出量が魔法をつかったかのように激増したので狂喜した。彼は長安を呼んで褒美を与え、産出激増の方法をたずねた。

「横穴を掘れば、鉱山はこれほどまでに生き返るものか」

「さようにござります。古い縦穴や、鉱石のあるところへ横手から掘り進んでゆくのは、なかなか難しゅうござります。算学によって方角を割り出し、地形を測量して図面をこしらえ、少々掘っては確かめつつ、鉱石の筋に当たれば湧き出るがごとしというままに、採掘できまする」

「さようか。鉱石から金銀を取り出すのに、水銀流しと申す法を用いると聞いたが、それはいかようにいたすのか」

「それは、ひと口に申し上げるのは難しゅうござりますが、これなる絵図面にて申し上げまする」

水銀流しとは、金銀の鉱石を水銀に接触させアマルガム（合金）をつくり、それを蒸留して金銀を回収する冶金《やきん》法であった。家康は説明を受けると、感心するばかりで長安の手腕を褒めそやした。

「そのほうでなければ、なし遂げられぬことでやな。こののちも、わしを大いに喜ばせてくれ。そうなれば、そのほうの栄達を望みしだいに叶《かな》えてやらあず」

家康は長安が金銀採掘に励むよう、山師たちに与える米麦、炭、蠟燭《ろうそく》、草鞋《わらじ》、蓑笠《みのかさ》などを惜しみなく与えた。

一方で家康は忍者を多数派遣し、長安を頂点とする山師組織の内情を探った。家康は見当もつかない莫大な利益を吸い上げる現場にいる長安の組織が、内密のうちに私利をむさぼるのは、当然であると見ていた。

家康は裏ではひそかに長安の行動を看視しつつ、彼を重用した。長安は家康より三歳年下である。まだ余命は充分にある。長安の才腕は余人の及ぶところではない。なにしろ、廃坑となっていた鉱山から、湧き出るようにあらたな鉱脈が出現するのだから。

家康が将軍となり江戸幕府を開いて間もない慶長八年二月二十五日、奈良東大《ならとうだい》寺正倉院《じしょうそういん》三庫の修理が完成したとき、検分に出向いたのは本多正純《ほんだまさずみ》と大久保長安であった。正倉院は聖武《しょうむ》天皇の御物《ぎょぶつ》が納められており、家康は前年六月から修繕作事《さくじ》をおこなっていたのである。長安は家康側近としての地位をかためていたといえよう。

ところで、佐渡で「自分山」を経営する山師たちの話である。彼らは、産出高によって利益の半分、三分の一、四分の一という高額の税を払わねばならない。山師たちは水銀流しの採掘法を長安から教わった。もちろん無償で教わることはできない。それでも「自分山」の山師たちは、大名でも真似のできない贅沢《ぜいたく》きわまりない生活を送れるほどの収益をあげていた。長安配下の山師たちは佐渡相川《あいかわ》に広大な屋敷を構えていたが、江戸、京都《きょうと》、大坂《おおさか》などの大都市にも屋敷を持ち、遊蕩《ゆうとう》に日を送っていたのだ。また佐渡鉱山へ入るときは、挟み箱、槍《やり》を持った家来十数人を引き連れ、大身《たいしん》の旗本であるかのような行装《こうそう》をすることを、幕府から許されてもいた。

金銀の産出はとどまることを知らず、家康が伏見《ふしみ》城の金蔵にたくわえていた金銀があまりに増えたため、根太《ねだ》がその重量を支えきれずに折れて、床が抜けてしまったという記録がある。慶長八年のことだ。

『慶長見聞集《けんもんしゅう》』という本に、金銀産出高の激増について記されている。「家康公の御代になって、諸国から金銀が掘り出されるようになり、公儀へ（金銀を）運ぶ牛車《ぎっしゃ》、馬車の行列が毎日江戸へ向かっている。なかでも佐渡島《さどがしま》は、全島が金銀でできているような宝の山である。掘り出した金銀を、一箱に十二貫目《かんめ》ずつ入れ、あわせて百箱を五十駄積みの船に積み、毎年五艘《そう》、十艘ずつ海の波風が穏やかなときに佐渡島から越後の港へ渡す。これを江戸城へ持ち運ぶ有様は、古来見なかったことで、町人、百姓まで金銀の貨幣《かへい》を使用できるようになった。まことにありがたい時世である」

元和《げんな》二年（一六一六）に家康が亡くなったとき、六百万両の金銀がたくわえられていたのは、ひとえに長安の活躍によって起こった採鉱の大ブームのおかげであった。

大久保長安の名声は高まるばかりで、幕閣へ通してほしい頼みごとを、諸大名から引き受けるほどになっていた。

彼の屋敷は、伊賀上野《いがうえの》二十万石の領主筒井定次《つついさだつぐ》の筆頭《ひっとう》家老中坊秀祐《がろうなかのぼうひですけ》が改築したものであった。中坊は主君の乱行を見て、将来は破滅すると判断し、長安を通じて幕府旗本に推挙してもらおうと考えたのである。

三

慶長十一年（一六〇六）、家康はシャムの南方、占城《チャンパ》で採れる奇楠香《きなんこう》という香木を入手せよと長崎《ながさき》奉行長谷川藤広《はせがわふじひろ》に命じた。だが長谷川はそれを手に入れられなかった。そこで、肥前有馬《ひぜんありま》領主の有馬晴信《はるのぶ》が八方へ手をまわし、少量ではあったが買い求め、献上した。家康は喜んで晴信に命じた。

「そのほうは朱印船《しゅいんせん》にて占城へ渡り、奇楠香を多く買い求めて参れ」

家康は占城の王への贈りものとして、銀六十貫目、鎧《よろい》、金屏風《きんびょうぶ》などを晴信に預けた。晴信は朱印船に積荷を満載して占城へ向かわせた。ところが、慶長十四年（一六〇九）二月になって、朱印船の水先案内人として乗りこんでいた黒人が中国船に乗って長崎に戻り、驚くべき報告をした。

「私の乗っていた朱印船がアモイに入港したとき、水夫の一人が港で酒に酔い、ポルトガル人と喧嘩《けんか》をして相手を打ち殺しました。

それでポルトガル人は大いに怒り、七十人ほどが鉄砲を持って朱印船に乗りこんできました。乗組みの日本人は三百人ほどいましたが、不意をつかれ皆殺しにされ、船と積荷をすべて奪いとられました。私は地理に詳しかったので一人で逃げ、ようやく帰ってきたのです」

晴信は駿府《すんぷ》に急行して、家康に事情を言上《ごんじょう》した。家康は晴信に命じた。

「この後、ポルトガル船が長崎へあらわれたときは、その甲比丹《カピタン》（船長）を生きて帰すな」

晴信はしばらく駿府に滞在していたが、十一月になってポルトガル船が長崎に入港したという急報が届いたので、ただちに帰国した。

晴信は長崎奉行長谷川藤広と相談して、ポルトガル船の甲比丹を酒楼《しゅろう》へおびき出し、殺害する計画をたてた。だが長崎には天主教寺院《てんしゅきょう》が多く、司祭たちはその秘密を知るとポルトガル船に知らせた。このため甲比丹は奉行所からの招きを断り上陸せず、そのまま出港しようとした。

晴信は漁船に草束《くさたば》を山のように積み、油をそそぎ火をかけ風上から押し流す火《か》船《せん》の法でポルトガル船を焼こうとしたが、かえってフランキ砲で火船を撃沈される。そこで今度は、十五反帆の船二艘《そう》に井楼《せいろう》を組み上げ攻め寄せた。有馬の兵船六艘が大砲、鉄砲を撃ちかけるが、ポルトガル船の反撃は激烈で、有馬の士卒十七人が戦死する惨状であった。

ポルトガル船は順風を受けて港外に逃れようとしたが、有馬の井楼船は砲撃を避けながら後方から急速に漕《こ》ぎ寄せ、手鉤《てかぎ》を使い接舷《せつげん》、乗り移って斬《き》りこんだ。敵味方入り乱れての戦いのなか、有馬勢は焙烙火矢《ほうろくひや》（一種の手榴弾《しゅりゅうだん》）を投げ、ポルトガル人を殺傷した。破裂した火矢の滓《かす》はやがて帆に燃えうつり、大火災が起こった。有馬勢は船内の火薬貯蔵庫に引火する前に引きあげた。

ポルトガル船は亥《い》の四つ（午後十時）頃、沖ノ島《おきのしま》付近で沈没した。船内に積んでいた鉛二千六百貫目は三十五尋《ひろ》の海底に沈んだが、海上に絹糸二十余万斤《きん》、織物、兵器、楽器などが浮かんだという。家康はそれを有馬晴信と長谷川藤広に与えた。

慶長十五年（一六一〇）正月、有馬晴信は駿府へ年賀に伺候《しこう》し賞詞《しょうし》をうけた。

その二年後のことである。慶長十七年（一六一二）二月、本多正純の右筆役《ゆうひつやく》であった岡本大八《おかもとだいはち》という者が突然捕らえられ、牢屋《ろうや》に入れられた。大八はかねてから親しくしていた有馬晴信をだまし、金銀を受け取っていたためである。

大八と晴信はともにキリスト教信者であったが、ポルトガル船撃沈事件の後に大八は晴信に偽りを告げ、ひと儲《もう》けを企《たくら》んだ。

「大御所《おおごしょ》さまは、お手前が黒船を撃ち沈められし褒美として、肥前国の牛津川《うしづかわ》より西の三郡を下しおかれるべき由《よし》、上野介《こうずけのすけ》（本多正純）に仰せ下された。間なしに御朱印を下されよう。その案文はこの通りである」

大八はふだん預かっている家康朱印を捺《お》した草案を晴信に見せた。晴信は大いに喜ぶ。かつて有馬領でいまは鍋島《なべしま》の領地になっている肥前の三郡を、幕府が返してくれるのだから。

「御朱印はいつ頃頂けるかのう」

「まだ先のことであろう。すべてはわが主人の計らい次第と心得られよ」

「なにとぞ上野介殿にご助力をお頼みしたい。ついては、貴公よりおとりなししてはくれぬか」

大八は応じた。

「日ごろのご縁も深い有馬殿のことゆえ、動かねばなるまい。そうなれば、大御所さまや将軍家の年寄衆《としよりしゅう》、近習《きんじゅう》へ、ちと黄白《こうはく》（金銀）を使わねばなるまい」

まんまと晴信をだました大八は、運動費として銀二十五貫目、金子《きんす》三千両を預かりそのまま着服した。

晴信は肥前三郡が戻る日を心待ちにしていたが、一年余りたっても大八から何の連絡もない。そのうち、長崎の宣教師が気になる情報を伝えてきた。

「岡本大八が、長崎で唐糸《からいと》（生糸《きいと》）数千斤を買い、諸国で商いをしております」

そこで晴信は、家康の近習を務めている息子の直純《なおずみ》へ本多正純あての書状を送り、事情を確かめることにした。

事情を知った正純は大八を呼び、有馬晴信との関係を問いただしたが返事が曖昧《あいまい》である。正純は晴信のもとへ急使を遣わし家康朱印を捺した大八の書いた草案を取り寄せる。そしてただちに家康へと事情を言上した。日がたてば、自分にも疑いがかかるからだ。

正純は家康の懐刀《ふところがたな》だった本多正信《まさのぶ》の子で、駿府の大御所家康付きの年寄を務めていた。石高《こくだか》は三万三千石。正信は江戸で将軍秀忠《ひでただ》付きの老中《ろうじゅう》として二万二千石を領していた。

家康は晴信から差し出された書状を見て、ただちに裁決を下した。

「大八は両足を打ち砕き牢屋に入れ、火あぶりにいたし、一家は闕所《けっしょ》（家名断絶）といたせ。晴信はまたとなき大馬鹿者にて、けしからぬばかりだわ」

家康は、晴信が領国で横暴な統治をおこなっているのを知っていたのである。

岡本大八は、晴信を死出の道連れにしようとして、獄中から訴えた。晴信は唐糸売買につき、長崎奉行長谷川藤広の指図を受けるのを嫌がり、刺客に奉行の命を狙わせたことがあるというのである。

晴信は大久保長安の屋敷で、大八と対決させせられた。

晴信は獰猛《どうもう》ではあるが、きわめて単純な人物であったので、藤広暗殺の企てをまんまと認めさせられたのである。

大八は安倍川《あべがわ》の河原で火刑に処せられた。晴信は大久保長安に預けられ、甲州都留郡《つるごおり》へ流罪となり、かの地で自殺した。だが事実は切腹させられたのである。

本多正純は、部下の大八が重罪を犯した責めを問われることはなかった。家康の信任が揺るがなかったためである。

四

この事件によって幕府における二大勢力である本多、大久保の関係に微妙な変化があらわれた。なんといっても、本多正純の部下が大久保長安の訊問《じんもん》を受け処刑されたのである。長安は大久保忠隣党であり、本多正信・正純父子と敵対する立場にあった。

大久保忠隣は、家康の三河《みかわ》時代からつき従ってきた大久保一族の中心人物。幕府旗本から寄せられる信頼は、本多父子の遠く及ばぬところであった。諸国の大小名が将軍秀忠の宿老首座《しゅくろうしゅざ》にある忠隣に挨拶に出向くので、門前には常に車馬が群がっていた。忠隣は訪ねてきた者には、必ず酒食の饗応《きょうおう》をした。旗本たちが手元不如意《ふにょい》のときは、金銀を融通してくれたという。旗本の半数が忠隣の助力を受けたというほどで、幕閣ではすさまじいまでの人気があった。酒肴《しゅこう》の饗応を受けることなどめったにない時代である。

あるとき伊達政宗《だてまさむね》が、家来三人に旗本風のいでたちをさせ、忠隣の屋敷を訪ねさせると、酒食のもてなしを受け、足元も定まらないほどしたたかに酔って戻ってきた。さすがの政宗も、忠隣の大盤ぶるまいに驚かされた。忠隣は主君家康を凌《しの》ぐほどの信望を集めていたのだ。

彼が客を饗応し借金に応じてやるためには莫大な資金がなければならない。その資金源が長安であると、人々は推測していた。

本多父子は、大久保忠隣を失脚させる時期をうかがっていた。その時は早くも慶長十八年（一六一三）にめぐってきた。大久保長安が四月二十五日に六十九歳で亡くなったのである。

長安が生きているあいだは、本多父子もうかつに手を出せなかった。幕閣内部の秘事を知り抜いているためであった。だが、死ねば思うままに彼の一族を処断し遺産を没収できる。

長安は遺言していた。

「わしが死ねば金の棺をこしらえ遺体を納め甲州へ送れ。国中の僧を集めてにぎやかに葬儀をおこなってくれ。費用を惜しむな」

と。だが家康は、遺族が盛大な葬儀をおこなおうとするのをとめた。

「その遺言に従わず謹慎して待て」

　本多正純は、長安の死と同時に彼が管轄していた諸国鉱山の出納《すいとう》の検査を開始していた。ぐずついていると、代官、山師らの関係者が証拠書類を破棄してしまう怖《おそ》れがある。

　長安は半年前から中風《ちゅうふう》で寝込んでいたので、その頃から書類の査検を始めていた正純は、ひと月もたたないうちに、長安が徴収した諸国運上《うんじょう》と幕府に上納した金銀との間に生じた差異を発見していた。

　長安の配下であった役人たちは牢屋に入れられた。父長安が不正を働いた科《とが》で、長男藤十郎《とうじゅうろう》は遠州掛川城《えんしゅうかけがわ》主の松平定行《まつだいらさだゆき》、二男外記《げき》は遠州横須賀《よこすか》城（浜松《はままつ》市）主の松平忠次《ただつぐ》、三男青山成国《あおやまなりくに》は相州小田原《そうしゅうおだわら》城主の大久保忠隣にそれぞれ預けられた。ほか四人の子息も各所へ預けられている。

　長安は死ぬまえに、数十人の愛妾《あいしょう》に財宝を分け与えるよう息子に遺言していた。彼女たちは息子に遺産の分与を要求したが、莫大な金銀のうちには幕府へ納めなければならないものもあるので、確かめたうえで与えると拒んだ。愛妾たちはこの措置を不満として幕府に訴え出たが、その結果、長安が隠していた金銀のありかが分かり、自ら墓穴を掘ることとなった。

長安の違法な蓄財はすべて幕府に没収され、諸大名家に預けられていた七人の息子たちは、みな切腹させられ家は断絶した。

この時家康は長安は関東で知行千石を与えられていたのみであると言ったが、子息、家来たちは佐渡がすべて長安の所領であると、言い聞かされていた。また長安は、甲斐武田家の血筋にあたる僧侶《そうりょ》から、武田の系図、紋幕《もんまく》、旗を詐取《さしゅ》してもいた。

長安の親戚、友人たちにも処罰された者がいた。信濃深志《しなのふかし》（松本《まつもと》）八万石の城主石川康長《いしかわやすなが》は、娘を長安の三男成国と結婚させていたが、長安に勧められ領内に幕府に無届けの隠し田を持っていたことを摘発され、所領を没収、豊後佐伯《ぶんごさいき》へ流罪とされた。

さらに幕臣久貝正俊《くがいまさとし》、弓気田《ゆげた》昌吉、鵜殿兵庫助《うどのひょうごのすけ》らが改易された。彼らは慶長十四年五月、米子《よなご》城主中村一忠《なかむらかずただ》が病没、絶家《ぜっけ》の処分を受けるとき、城と領地を収公《しゅうこう》するため現地へ出向いたことがあった。米子から処分につき幕府の指示を問い合わせると、大久保長安が石見国へ向かう途中なので、彼に会いすべてを委任せよという指令が戻ってきた。それはおそらく大久保忠隣の指図であったであろう。

三人の旗本には何の手抜かりもないはずであったが、厳罰を受けた。なかでも鵜殿兵庫助は忠隣ときわめて親しかったので、忠隣が中村一忠の遺産を横領したと言わせるために拷問を受け、堪えかねた兵庫助は自殺した。

長安の友人で堺《さかい》奉行の米津親勝《よねきつちかかつ》も、わずかな過失を咎《とが》められ、阿波蜂須賀家《あわはちすかけ》に預けられた。

本多正信・正純父子の目標は、幕閣内で対立する大久保忠隣に謀叛《むほん》の濡れ衣を着せ、抹殺することにあった。

本多正信は、本多の族党で重んじられる家系には生まれていない。永禄《えいろく》六年(一五六三)の三河一向一揆《いっこういっき》の際、浄土真宗門徒《じょうどしんしゅうもんと》であった彼は、一揆に加わり家康に叛《そむ》いたので追放され、長く諸国を放浪《ほうろう》した。衣食に窮《きゅう》した正信は、忠隣の援助をしばしば受けていたが、帰参して家康の謀臣として返り咲《ざ》いた後は、忠隣失脚の陰謀《いんぼう》を息子正純と練っていた。

日本における鉱山事業の大発展をもたらす功業をなし遂げた大久保長安は、その死後、本多父子によって大姦物《たいかんぶつ》の汚名を蒙《こうむ》ることとなった。家康は長安の挙げた成果によって、世にも稀《まれ》な富を得たが、長安一族を絶滅させるのをためらわなかった。

長安の死によって、大久保一族の運命は暗転した。

慶長十八年、本多正信七十六歳、忠隣は六十一歳。七十二歳の家康は大久保党の主柱である忠隣を、正信に対するときのように気軽に扱えない。正信はそこにつけこむ。彼はたまに忠隣に会うと、気になることを言う。

「貴公はこの頃、お仕えのうえでなんぞ身に思いあたることはないか」

「いや、何もないがのん」

「それなら、よかろうでやが」

幾日かたって、正信は忠隣に会い、同じことを言った。

「貴公は殿の御前に出て、何ぞ気がかりなことはないか」

忠隣が気になって何事かとたずねると、なにげなく言う。

「とりたてて申すほどのことではないが、大御所さまが貴公のことを、なにやら仰せられておったでなん」

忠隣は家康の不興《ふきょう》を買ったのかと思い、出仕を差し控えるようになった。正信は家康や秀忠に、忠隣の様子を聞く。あまり出仕していないというと、忠隣が増長して出仕をはばかっているのではないかと、曖昧に意見を述べる。忠隣は次第に家康や秀忠から遠ざけられ、慶長十九年（一六一四）正月、謀叛《むほん》の疑いをかけられ、改易された。

大久保長安が日本の鉱山経営の歴史に残した大きな足跡も、このとき消え去ったのである。

過去をふりかえって　私は業師であったか──

私はいくつかの道に深くわけいったことがあった。

大学を出てのち十二年半サラリーマンをつとめ、購買課という、むやみに出入り商人にちやほやされる部門の仕事ばかりをやってきて、しまいにはやめてしまった。

ばかばかしい仕事をいつまでもやっているのに飽いてしまったのである。

そのあと故郷に帰り、不法占拠地の明け渡しをすることになった。会社の背景というクッションのない、この世の荒波に正面からぶつかり、暴力的な解決に慣れた人々を相手に法治国の原則をふりまわし、弁護士さえ逃げるほどの恐ろしい環境に入りこみ、命のやりとりをやりかねないほどの荒れすさんだ人々を相手にしたり、脅されて喚きあったりした。それが終って、収入が入ってきて、おちついた暮らしむきが戻ってくると、青年期になって書こうと思っていた人生の哀惜の念について、ほそぼそと筆を動かすことになった。

私には、読書を狂ったようにおこなった幼時から少年期へかけての時期があった。だが、戦時中、川崎航空機工業明石工場の勤労動員の勤務中にふっとんでしまった読書癖は、戦後戻ってはきたが、疲れ枯れたものになっていた。

B29爆撃機は二百五十キロの特殊爆弾を使う。工場内の鉄筋ビルの地上六階から地下三階の風洞工場までをつらぬき、爆発して地上三階部分までを粉みじんにしてしまう恐ろしい爆発力をあらわす。

測距儀直径八十メートルの範囲に、一万メートルの高度から爆弾をおとす能力のあるB29は、実は私の入る横穴壕から十二、三メートル後方の女子壕に命中し、即死者十四名を出した。三十分間の波状爆撃で即死者四百人、負傷者千五百人を出した事件の恐ろしさは、その後電車の振動、雷を極端に嫌う性向をつよめ、爆撃による死の恐怖を免れたのは、三十五歳頃になってからであった。

私は太平洋戦争がはじまる前から剣道に熱中していた。剣道は戦後昭和二十六年（一九五一）に再開してから二十九年頃までやった。戦場から範士級の名人が帰ってきて、竹刀の打ちあいだけではなく、剣理といったものをていねいに教えて下さった。その方たちの技は、竹刀が蛇と化したかのように、こちらの竹刀にからみつき動きを封じてしまうこと、打ちこみをすべて左右へはじきとばしてしまうことなど、神業としかいいようのないものだった。

いまひとつは、柔術である。昔の日本では神にひとしい体術者は、なにひとつ自身の力を使わず、相手の力を利用して牛のような男たちの動きを制したのだ。佐川幸義先生という、大東流合気柔術の開祖がおられた。彼の体術は全部公開されているわけではないが、まったく力を使わないで敵の動きをすべて封じてしまう動きは、神としかいえないものだ。いまは門人の木村達雄氏がふしぎな業の伝授をうけている。

彼は業師である。私は、幾つもの修業の波をくぐれなかった平凡人である。

解説

末國善己
（文芸評論家）

既存の価値観が崩れ、混沌《こんとん》の中から新しい時代が出現し始める変革期には、特異な才能を持った人物が登場する。歴史小説でも人気の戦国時代と幕末は変革期の典型で、戦国時代でいえば下克上を成し遂げた松永久秀や斎藤道三、幕末でいえば画期的な政治システムを考えた横井小楠、資本主義の原理を日本に導入した渋沢栄一などは、その代表といえる。ただ乱世が生み出した才人は、政治家や軍人、経済人だけではない。武芸や芸術など多岐にわたって異能の人たちを輩出しているのである。

平成の大ベストセラーになった『下天は夢か』を始め、戦国ものの歴史小説の名作を数多く残した津本陽が、「特異な感覚」を持った「業師」十人を取り上げたのが本書『戦国業師列伝』である。

若い世代が支えている歴史ブームは、一過性ではなく、定着した感がある。歴史好きといっても、武将、城郭、いわゆる聖地巡礼など愛好する分野は細分化されているが、剣豪、武将、絵師、技術者など多彩な人物を俎上《そじょう》に載せている本書は、どのジャンルが好きでも満足できるだろうし、歴史に関心はあるがどこから手をつけたらいいのか分からない初心者には、最高の入門書となるだろう。

「上泉伊勢守信綱」は、新陰流の祖で剣聖と呼ばれる上泉信綱を描いている。剣道の有段者で『薩南示現流』『柳生兵庫助』など剣豪小説の名作も多い著者だけに、廻国《かいこく》修行中の信綱が、「戦場にて鬼神のふるまい」をしたと評判の柳生宗厳と試合をするシーンでは、その迫力に思わず引き込まれてしまうはずだ。

本作で興味深いのは、信綱が考案した「活人剣《かつにんけん》」と「殺人刀《せつにんとう》」の解釈である。剣豪小説では、人を殺す技術を「殺人刀」、精神を高めるための修練を「活人剣」とし、信綱から新陰流の印可状を与えられた宗厳が、徳川家康から将軍家剣法指南役の打診を受けたのも、「活人剣」が太平の世に相応《ふさわ》しい剣術だったからとされることが多い。

これに対し著者は、敵を制圧し動きを封じて勝つのが「殺人刀」、敵に先に攻撃させ技の裏を取って勝つのが「活人剣」としている。臨済宗の僧・沢庵宗彭《たくあんそうほう》が、宗厳の息子・宗矩《むねのり》に「剣禅一如」を説いたように、剣と禅の関係は深い。臨済宗の公案集『碧巌録《へきがんろく》』には、禅の指導方法には、弟子の誤った心や行いを厳しく制する「殺人刀」と、相手を受け入れ進ませる「活人剣」があるとされているので、もともとの解釈は本作で書かれた通りだったのかもしれない。

「前田慶次」は、奇抜な格好《かっぽ》で町中を闊歩する傾《かぶ》き者、愛用の朱槍《しゅやり》を持てば鬼神のように敵を蹴散らす猛将、歌舞音曲や連歌に通じ、晩年に仕えた上杉家所蔵の『史記』に注釈を入れた教養人でもあった前田慶次を描いている。

常識にとらわれず自由に生きた慶次は、海音寺潮五郎『戦国風流武士』、村上元三『戦国風流』など、古くから歴史小説作家を魅了してきた。ただその名を高め、誰もが知る人気の武将になったのは隆慶一郎『一夢庵風流記』と、同作を原哲夫が漫画化した『花の慶次』がロングセラーを続けた結果といえる。

本作も慶次の型破りな人生を縦横に活写しているが、著者は痛快な活躍の背後に、本来は前田家を継ぐ立場にいながら、織田信長の横槍で家督を利家に奪われるなど、戦国時代の武家のルールに翻弄された鬱屈を見ている。現代社会でも、自分の思い通りの人生を送れるのは少数なので、等身大の苦悩を抱える慶次が身近に感じられるのではないか。

茶の師匠としても、政治のブレインとしても豊臣秀吉から信頼されていた千利休は、なぜか突然、切腹を命じられた。この理由には諸説あり、織田信長の寵愛《ちょうあい》を受けていた明智光秀が謀叛《むほん》を起こした動機、もしくは光秀を操って謀叛を起こさせた黒幕の正体と並ぶ戦国時代の最大の謎とされている。「千利休」は、利休が切腹した理由に、独自の解釈で切り込んでいる。

　利休が切腹した原因は、大徳寺の三門を改修した時、自身の草履履きの木像を楼門の二階に設置し、その下を秀吉が通ることから不遜、僭上《せんじょう》とされたというものが有名である。利休の木像は、切腹の直前に一条戻橋で磔《はりつけ》にされたとの史料もあり、秀吉が木像に激怒したことには説得力があるようだ。ただ、この他にも、茶道具を不正に売買した売僧《まいす》行為、秀吉が利休の娘を側室にしたいと申し出たが拒否した、秀吉が利休所有の名物を差し出すよう命じたが拒否した、二条院の御墓の石塔を利休が盗んだからなどの説があり、いまだ確定されていない。

　著者は、利休が豊臣政権内で果たした役割などにも着目しながら、利休切腹の謎を解き明かしているので、その真相は実際に読んで確認して欲しい。

　藤堂高虎は、浅井長政、織田信澄、豊臣秀長、豊臣秀吉、徳川家康など何度も主君を変えたことから、変節漢とされ、歴史小説では否定的に描かれた時期も長かった。ただ〝忠臣は二君に仕えず〟といった倫理観が登場するのは、野心を抑制することで太平の世を長く続かせようとした江戸時代以降であり、能力と才知があれば足軽が一国一城の主《あるじ》になるのも夢ではなかった戦国時代は、働きに見合った恩賞を与えてくれない主君を見限り、新しい主君の下につくことは珍しくなかった。

合戦に出れば敵を蹴散らす猛将の高虎だが、「藤堂高虎」は築城の名手だったテクノクラート（技術官僚）の側面をより評価している。近年は、城マニアも増えているので、工期が短く費用も抑えられる層塔型天守、大砲の威力に対抗するための城郭構造など、高虎が考案したアイディアは特に興味深く読めるだろう。

「長谷川等伯」は、国宝『松林図屏風』『旧祥雲寺障壁画』、重要文化財『一塔両尊図』『鬼子母神十羅刹女図』などを残した長谷川等伯の足跡を追っている。

能登七尾で生まれ絵師として一流の域に達した等伯が京へ出た頃、幕府や寺社など重要な仕事は狩野派と土佐派が押さえていた。手を結んで新興勢力の参入を阻む独占企業に対し、等伯は天下人に手をかけた豊臣秀吉の奉行を務める前田玄以に接近して劣勢を覆そうとするが、狩野派が秀吉に近付いて巻き返していくところは、老舗《しにせ》とベンチャーの戦いを描く企業小説のような面白さがある。

秀吉、徳川家康らに認められた等伯だが、権力者の意向に添う絵を描いて歓心を買うような世渡り上手ではなかった。等伯は、金は稼げないが好きな仕事をすべきか、労働は金を稼ぐ手段と割り切るかの選択を突き付けられたかのような人生を送ったといえるので、働いている人はその悲哀が生々しく感じられる。

九鬼水軍を率いた嘉隆を主人公にした「九鬼嘉隆」は、織田水軍の将として長島の一向一揆との戦い、石山本願寺を支援する毛利水軍と戦った第一次、第二次木津川口合戦、豊臣水軍として戦った文禄・慶長の役などが連続する海洋冒険小説である。中心になるのは、敵の機動力と火力に完敗した嘉隆が、信長の命令で鉄板で装甲した新鋭艦を造りリベンジをはかる第一次、第二次木津川口合戦で、海上での迫真の戦闘が続くアクション小説としても、試行錯誤をしながら日本に存在しなかった鉄船を建造する技術小説としても秀逸である。世界と繋《つな》がる海で生きているがゆえに、地上を支配する武将とは価値観が違う嘉隆が、悪いことはしていないのにわずかな齟齬《そご》ゆえに追い詰められていく終盤は、せつなさも募る。

今川義元の師にして軍師でもあった臨済宗の太原雪斎《たいげんせっさい》、徳川幕府の法整備や外交を担当した臨済宗の金地院崇伝《こんちいんすうでん》、同じく家康に仕え朝廷対策や宗教政策に関与した天台宗の南光坊天海《なんこうぼうてんかい》など、戦国武将の相談役になった僧は少なくない。これは当時、最高の知識人だった僧は、中国の軍学書を読み、漢文で書かれる公文書が作成でき、無縁の者なので敵国に入っての情報収集や交渉を行うことなどができたからである。「安国寺恵瓊」は、毛利家の外交僧だった恵瓊を主人公にしている。

京で仏道と学問を修めた恵瓊は、中国地方で覇を唱えつつあった毛利家の使僧になり、特に台頭著しく中国に食指をのばしはじめた織田信長との外交戦で辣腕を奮う。

上方の事情に精通する恵瓊は、信長の力とその下で活躍する秀吉の器量を見抜き、秀吉に接近することで毛利家の勢力をさらに拡大しようとした。そんな計算高い恵瓊が、秀吉への情と毛利家に天下を取らせるという野心によって破滅する晩年は、情報を冷静に分析する難しさを改めて教えてくれるのである。

著者は剣豪小説の名手だが、大海賊・王直の配下になった源次郎が、紀州雑賀の鉄砲衆を率いて大陸で暴れ回る『天翔ける倭寇』、信長と石山本願寺の戦いを雑賀衆の頭領の三男・七郎丸の成長を軸に追った『雑賀六字の城』、根来寺の僧兵を鉄砲の達人を揃《そろ》えた最強の傭兵《ようへい》集団に育てた津田監物を主人公にした『鉄砲無頼伝』と続編『信長の傭兵』などガン・アクションものにも名作が多い。著者は雑賀衆を取り上げながらも棟梁《とうりょう》の孫一（孫市）を正面から描くことはなかった。これは著者が、司馬遼太郎が雑賀孫市を主人公にした『尻啖え孫市』を意識していたからのように思える。「雑賀孫一」は、そんな著者が、ついに孫一に挑んだ作品である。作中には、鉄砲を使った様々な戦術が活写されており、戦国時代の鉄砲が現代人が考える以上に戦場で効果的に運用されていたことがよく分かる。

歌舞伎はもちろん、マンガやゲームといったサブカルチャーの世界でもお馴染《なじみ》の石川五右衛門は、日本史上最も有名な大泥棒の一人である。安土桃山時代に五右衛門率いる盗賊団が暴れ、三条橋南の河原《かわら》で釜煎《かまい》りの刑で処刑されたのは史実だが、五右衛門が何者で、なぜ盗賊になり、どんな犯行を行ったのかなどには不明な点も多い。「石川五右衛門」は、山科言経『言経卿記』、三浦浄心『慶長見聞集』、アビラ・ヒロン『日本王国記』、本阿弥光甫『本阿弥行状記』などの史料を引きながら、史実と伝説を峻別《しゅんべつ》し五右衛門の実像を浮き彫りにしており、史伝のような趣がある。その上で著者は、最新の歴史研究を踏まえ、五右衛門＝忍者説の真偽を描き、さらに五右衛門が日本人に愛されるヒーローになった理由にも迫っており、本作を読むと五右衛門のすべてが分かるといっても過言ではない。

ちなみに、並木五瓶《なみきごへい》『金門五山桐《きんもんごさんのきり》』に登場する五右衛門は、京の南禅寺三門の上で、「絶景かな、絶景かな。春の眺めを値千金とは小さい譬え。五右衛門が為には値万両」の名台詞《めいせりふ》を吐く。物語の舞台になった南禅寺三門は、藤堂高虎が大坂の陣で倒れた家臣を供養するために再建したものである。本書の主人公が二人もかかわっているので、京を訪れたら南禅寺に行ってみるのも一興である。

「大久保長安」は、甲斐武田家の猿楽師の子として生まれたが、徳川家康の重臣・大久保忠隣に才能を認められ大久保姓に改名、算勘と技術を活《い》かして徳川家の検地奉行、石見銀山、佐渡金山の開発を行って地位と名声、巨万の富を得たものの、没後にすべての功績を剝奪される波乱の生涯を送った長安を描いている。

江戸初期、忠隣と本多正信・正純父子が、まさに血で血を洗う壮絶な権力闘争を行った。この余波によって、長安は汚名を着せられ、その業績も歴史から抹殺された。長安ほどの被害を被ることはないにしても、派閥抗争に巻き込まれ思わぬ被害に見舞われることは宮仕えをしていれば起こりうるので、長安の運命の変転が他人事とは思えない読者もいるように思える。

著者は「まえがき」で、戦国時代に活躍したような「業師」は、現在では「見つけにくい。凡人が多くなりすぎて、業師を異端視することが多いためだ」と書いている。確かに、同調圧力が強く、組織の和を重んじる日本社会は、突出した才能よりも、調整型の凡人が出世するというケースが目立つとされる。「業師」を排斥する風潮が、日本の経済成長やイノベーションの機会を奪っているとの指摘もあるが、「業師」の持つ圧倒的なパワーとカリスマ性が、本人はもちろん、周囲も不幸にする現実も余さず描いた本書を読むと、マイナス面があっても「業師」の登場を願うのがいいのか、平凡な人間だけでいいから平穏に暮らすのがいいのか、そんなことも考えてしまうのではないか。

単行本　二〇一一年七月　世界文化社刊

実業之日本社文庫　最新刊

五十嵐貴久
あの子が結婚するなんて
突如親友の結婚式の盛り上げ役に任命? 複雑な心境で準備をはじめるが、新郎の付添人に惹かれてしまい——!? アラサー女子の心情を描く、痛快コメディ!
い35

倉阪鬼一郎
夢あかり 人情料理わん屋
わん屋へ常連の同心が妙な話を持ち込んだ。盗賊を追い、偶然たどり着いた寂しい感じの小料理屋。そこには驚きの秘密があった!? 江戸グルメ人情物語。
く47

桜井真琴
ある日、お母さんが美少女に
目覚めると、母が美少女の姿になっていた——!? 大学生の裕司は、いけないと思いながらも若返った母・綾乃に惹かれていき……。新感覚エンタメ官能!
さ71

佐藤青南
白バイガール 爆走!五輪大作戦
東京オリンピック開幕中に事件発生! 謎の暴走事故の捜査のカギはスタジアムに!? スピード感100パーセントのぶっ飛び青春ミステリー!
さ45

津本 陽
戦国業師列伝
前田慶次、千利休、上泉信綱……混乱の時代に、特異な才能で日本を変えた「業師」たちがいた! その道を究めた偉人の生きざまに迫る短編集。(解説・末國善己)
つ24

実業之日本社文庫　最新刊

鳥羽 亮

剣客旗本春秋譚 虎狼斬り

北町奉行所の定廻り同心と岡っ引きが、大川端で斬殺された。その後も、殺しが続く。辻斬り一味の目的とは。市之介らは事件を追う。奴らの正体を暴き出せ!

と 2 16

西村京太郎

札沼線の愛と死 新十津川町を行く

殺人現場の雪の上には、血で十字のマークが。さらに十津川警部に謎の招待状!? 捜査で北海道新十津川町へ飛ぶが、現地は魔法使いの噂が!?（解説・山前譲）

に 1 22

西村 健

バスを待つ男

無趣味の元刑事がみつけた道楽は、都バスの小さな旅。東京各地を巡りながら謎と事件を追う。解決するのは家で待つ麗しき妻!（解説・杉江松恋）

に 7 1

南 英男

強欲 強請屋稼業

ヘッドハンティング会社の女社長が殺された。一匹狼探偵・見城豪が調査を始めると、背景に石油会社の買収を企む謎の団体が。執念の追跡を悪の銃弾が襲う!

み 7 15

前川 裕

文豪芥川教授の殺人講座

無双大学文学部教授でミステリー作家でもある芥川竜介。大学内外で起きる事件を迷推理? 現役大学教授作家が贈る異色文学講座&犯罪ミステリー!

ま 3 1

実業之日本社文庫　好評既刊

東郷 隆
初陣物語
その時、織田信長14歳、徳川家康17歳、長宗我部元親22歳。戦国のリアルな戦いの姿を描く傑作歴史小説集！（解説・末國善己）
と35

中村彰彦
真田三代風雲録（上）
真田幸隆、昌幸、幸村。小よく大を制し、戦国の世に最も輝きを放った真田一族の興亡を歴史小説の第一人者が描く、傑作大河巨編！

な12

中村彰彦
真田三代風雲録（下）
大坂冬の陣・夏の陣で「日本一の兵（つわもの）」と讃えられた真田幸村の壮絶なる生きざま！　真田一族の興亡を描く巨編、完結！（解説・山内昌之）
な13

葉室 麟
刀伊入寇　藤原隆家の闘い
戦う光源氏——日本国存亡の秋、真の英雄現わる！『蜩ノ記』の直木賞作家が、実在した貴族を描く絢爛たる平安エンターテインメント！（解説・縄田一男）
は51

幡 大介
幕末愚連隊　叛逆の戊辰戦争
幕末の大失業時代、戦いに飛び込んだ男たち。下野、会津、越後、信濃と戦場を巡る、激闘の日々。戊辰戦争の真実とは。渾身の歴史長編！（解説・細谷正充）
は101

実業之日本社文庫　好評既刊

浅田次郎、火坂雅志ほか／末國善己編
動乱！ 江戸城
泰平の世と言われた江戸250年。宿命を背負って困難と立ちむかった人々の生きざまを、浅田次郎、火坂雅志ほか豪華作家陣が描く傑作歴史・時代小説集。
ん29

織田作之助 著／七北数人 編
夫婦善哉・怖るべき女 無頼派作家の夜
生誕100年、大阪の風俗と庶民の喜怒哀楽を活写した小説・エッセイ。〈そこには、人間の本質的なスリルがある。――津村記久子〉
ん31

坂口安吾 著／七北数人 編
堕落論・特攻隊に捧ぐ 無頼派作家の夜
表題作ほか「白痴」「桜の森の満開の下」など代表作、酒にまつわる小説・エッセイ。〈安吾の言葉が私の人生を支えている。――西川美和〉
ん32

太宰 治 著／七北数人 編
桜桃・雪の夜の話 無頼派作家の夜
表題作ほか「ヴィヨンの妻」「東京八景」など代表作から太宰、安吾、織田作が一同に会した座談会まで。〈ここに私がいる。――角田光代〉
ん33

芥川龍之介、谷崎潤一郎ほか／末國善己編
文豪エロティカル
文豪の独創的な表現が、想像力をかきたてる。川端康成、太宰治、坂口安吾など、近代文学の流れを作った十人の文豪によるエロティカル小説集。五感を刺激！
ん42

実業之日本社文庫 つ2 4

戦《せん》国《ごく》業《わざ》師《し》列《れつ》伝《でん》

2020年4月15日　初版第1刷発行

著　者　津本《つもと》　陽《よう》

発行者　岩野裕一
発行所　株式会社実業之日本社
〒107-0062　東京都港区南青山5-4-30
CoSTUME NATIONAL Aoyama Complex 2F
電話［編集］03(6809)0473［販売］03(6809)0495
ホームページ　https://www.j-n.co.jp/

ＤＴＰ　千秋社
印刷所　大日本印刷株式会社
製本所　大日本印刷株式会社

フォーマットデザイン　鈴木正道(Suzuki Design)

ISBN978-4-408-55585-0（第二文芸）